Die Fotos auf dem Umschlag zeigen Alois Anger-
maier senior und junior beim Ackern mit einem
Pferdegespann und den Tower des Flughafens im
Erdinger Moos.

Vorwort

Den Anstoß zum Schreiben dieses Büchleins gaben meine Kinder. Meine Lebensgeschichte erhebt nicht den Anspruch, einmalig zu sein. So wie ich erlebten viele ihre Jugend auf dem Land.

Ich wollte vielmehr den Wandel festhalten, der sich seit den dreißiger Jahren vollzogen hat und den ich, Jahrgang 1927, hier zu beschreiben versuche.

Für meine Kinder und Enkel soll es auch eine Art Sachbuch sein, das hilft, unsere Generation besser zu verstehen.

Niederstraubing im Oktober 1999

Johanna Federmaier

Impressum

Satz: Christine Sedlmaier-Messerer

Lektorat: Hans Sedlmaier

Gestaltung: Christian Götz sowie Sabine Holibka und Sven Lahrssen

Repro: Peter Kastl

Druck: Libri Books on Demand

Eigenverlag, 1. Auflage 1999, alle Rechte vorbehalten

ISBN 3-89811-180-6

Im Jahre 1987 wurde ich 60. Immer dachte ich, da fängst du an zu schreiben, was so dein Leben prägte. Diesen Tag wollte ich mit Euch, meinen Kindern, schön feiern. Doch es kam ja ganz anders. Meine Schwiegermutter lag im Leichenhaus, und am Tag darauf war ihre Beerdigung. Wie fast immer in meinem Leben – immer kam es anders, als ich dachte.

Kindheit und Jugend

Dabei fing es gar nicht so schlecht an, dieses Leben der Oberbauern Hanni. Johanna oder Hanni heiß ich, wie meine Taufpatin, Mutters Schwester. Es war ja nicht wie heute, wo man die Namen für das Kind nach Lust und Gefallen aussucht, sondern es ging nach einem Ritus. Das erste Kind wurde nach dem Paten genannt, das zweite nach dem Vater oder der Mutter, das war überall so, zumindest auf dem Lande. Man hielt sich an Traditionen und Gebräuche, von denen heute niemand mehr eine Ahnung hat.

An Spielkameraden hatte ich nur meine Geschwister, den zwei Jahre jüngeren Bruder Alois, dann die jüngere Schwester Maria, und als ich fast

Bild von Mutter, Regina und Vater

zehn Jahre alt war, kamen noch die Zwillinge Therese und Regina. Nach sechs Wochen starb Therese und wurde im Schlafzimmer der Eltern, der "Kammer", auf einem Tisch aufgebahrt. Regina wurde für mich so eine Art große Puppe, die ich immer schön anziehen wollte.

Auf so einem Hof waren aber nicht nur wir Kinder mit den Eltern, sondern auch die Ehalten, also der Knecht, der Mitterknecht und der Drittler oder Bub, wie er genannt wurde. Dann kam die Dirn, die Mitterdirn und die Hausmagd. Die Dirn war die erste Magd. Damals hab ich noch nicht gewußt, daß es in der Stadt auch Dirnen gibt – aber die gehen einer anderen Beschäftigung nach.

Außerdem lebten damals noch Vaters Schwestern Marie und Babette, letztere mit ihrem Kind Schosi, dem heutigen Gotz Schorsch, einem meiner liebsten Cousins bei uns. Tante Marie, die fast 92 Jahre wurde, sagte immer, ich habe ihr das Leben zu verdanken. Das kam so:

In jedem Mädchen steckt wohl von Anfang an schon eine kleine Eva, die gerne in den Spiegel schaut. Nicht weit vom Haus war die Odel-(Jauche) Grube. Ich stand am Rande der Grube und sah mein Spiegelbild. Vielleicht dachte ich auch, das wäre eine Spielkameradin. Ich ging immer weiter in die duftende Brühe bis ich drinnen lag. Mein Schutzengel war die Tante, die mich heraus holte und badete. Was passiert war, brauchte sie nicht groß zu erzählen: Man roch es im ganzen Haus.

Schulzeit

An Ostern 1933 kam ich in die Schule. Die Schulzeit ist mir in guter Erinnerung, denn ich ging sehr gern dorthin. Nun hatte ich Freundinnen und konnte bald lesen und vor allem vorlesen in der Schule und in der Kirche. Ich kann nicht sagen, daß ich eine Streberin war, aber es machte einfach Spaß. Wenn wir morgens den Schulberg hinaufgingen, stand meist der Kammerer, der Ortsgruppenleiter, dort. Dann sagten wir brav "Heil Hitler". Sofort öffnete er eine Dose, die er immer bei sich trug und gab uns ein Guatl (Bonbon). Wir hätten bei dem auch öfter "Heil Hitler" gegrüßt, denn die Guatl waren ja so rar.

Fräulein Fröschl war meine erste Lehrerin. Die Lehrerinnen waren alle Fräuleins. Heiratete eine, so schied sie aus dem Schuldienst aus. Sie durfte zur damaligen Zeit dann nicht mehr Lehrerin sein. Die letzten Schuljahre hatte ich dann den Lehrer Lutz. Was haben wir da gelacht, wenn wir Singen

Bild rechts: Die zwei Klassen der Grundschule in Wartenberg. Die dritte von links oben bin ich. Ein Großteil der damaligen Schüler ist schon tot.

hatten und er die Geige spielte. Sein Doppelkinn wackelte so stark, es war herrlich. Lehrer Lutz wohnte mit seiner Familie im Schulhaus. Am Vormittag ging er zum Brotzeitmachen zu seiner Frau in die Wohnung. Dann sagte er meist "Angermaier, aufpassen!". So spielte ich für 20 bis 30 Minuten Lehrerin. Ich schrieb die Rechtschrift an die Tafel oder diktierte sie. Ach, es war schön. Beim Lutz und beim Pfarrer Huber hatte ich einfach eine gehobene Position.

Als ich zur Schule ging, hatte es oft soviel Schnee, daß er an der Straße Wartenberg - Moosburg zimmerhoch stand, wenn die Straße ausgeschaufelt war. An solchen Tagen weiß ich noch, daß wir mit dem Pferdeschlitten ein paarmal von der Schule abgeholt wurden. Ich kann euch sagen, das war ein Gefühl für mich, wie wenn heute ein Rolls Royce vor der Türe stehen würde. Ja, hin und wieder merkte man schon, daß ein größerer Bauernhof meine Heimat war – aber nicht oft. Die Zeiten waren nicht so gut. Fünf Reichsmark waren viel Geld. Ich weiß noch, daß ich für die Schule mal einen Atlas brauchte. Der kostete fünf Reichsmark. Das war eine Bettelei bei den Eltern. Ob der schon wirklich nötig sei. Dafür paßte man aber auf seine Sachen

auf, besser wie heute, denn man fühlte ja: Das Geld
ist rar. Jeden Tag bekam ich fünf Pfennig mit zur
Schule. Dafür gab es zwei Brezen für die Pause. Da
war ich wieder privilegiert, denn zwei Brezen zur
Pause hatte nicht jedes Kind.

Hitlerjugend

Nicht nur die Schule forderte ihr Recht, auch die
Hitlerjugend. Wir Kleinen hatten am Nachmittag
Gruppenstunde. Es wurden Spiele gemacht, gesun-
gen sowie Sport getrieben. Im Sport war ich nie gut,
außer im Völkerball, da war ich nicht schlecht. Laufen und Springen waren mir ein Greuel. Ich hatte
zu kurze Beine. Einmal war abends eine große Ver-
anstaltung auf dem Sportplatz, ich ging in die vier-
te oder fünfte Klasse. Als wir dann zum Marktplatz
zurückgingen, stand Vater dort und riß mich aus der
Reihe raus. So ein Fähnleinführer oder wie der hieß,
regte sich auf und fing Streit mit Vater an. Der
Standpunkt meines Vaters war, Kinder gehören
beim Betleuten (Gebetleuten) heim. Man kann sich
denken, daß ich bei so einem Vater keine Karriere
in der Hitlerjugend machen konnte.

Hitlerjugend, das war für uns auf dem Lande so

etwas, was heute die Landjugend für die 13- oder 14jährigen ist. Ein Grund, um von daheim wegzugehen und Spiel und Spaß und Gemeinschaft zu haben. Politik hatte niemand im Kopf von uns. Man muß sich vorstellen: Es gab ja nichts für junge Leute, weder Jugendheim, Kino noch Tanz oder Café. Dazu fehlte das Geld, und man mußte meistens 18 sein. Nur zur Arbeit wurde man angehalten, um ja auf keine dummen Gedanken zu kommen. Wir hatten als Kinder auch kein Taschengeld, das wir regelmäßig bekamen. Da war es aus meiner Sicht sehr gut, daß man zur Gruppenstunde "mußte". Wenigstens etwas, um in das triste Leben ein wenig Abwechslung zu bekommen.

Einmal war ich in Schliersee-Neuhaus. Ich glaube, eine Woche in so einem Jugendlager. Ich war 16 Jahre, und es war schon Krieg. Was ich davon noch weiß, ist nicht viel, nur, daß wir ziemlich Hunger hatten und eines Abends furchtbar im Chor schrien: "Hunger, Hunger!". Dann wurden Kekse ausgeteilt. Wie überall haben sich die Oberen auf Kosten der Kleinen etwas zur Seite geschafft. Am Morgen wurde die Fahne aufgezogen und am Abend wieder eingeholt. Dazu sangen wir ein Lied, und es war unwirklich schön für meine Begriffe;

12

ringsum die Berge, der Mond, der Himmel und dazu wir, die "Hoffnung Deutschlands", wie es immer
hieß. Ich muß sagen, diese paar Tage genoß ich,
denn ich kam aus dem Hof in "Heilig Geist" raus.
Mich interessierte halt alles mehr als die Eintönig-
keit meiner Heimat. Und doch liebte ich diese Heimat und liebe sie noch.

Kommunion und Firmung

Die Schuljahre gingen so dahin, ich hatte erste
Heilige Kommunion. Tante Babette machte eine
Torte, zwei Mal mit Marmelade gefüllt, mit Zucker-
guß und als Verzierung grüne Blätter aus Zitronat.
Ich weiß das noch so genau, denn Mutter machte
nie eine Torte, nur Schuxen, Ausgezogene, Hau-
berlinge und Vöglküchl. Am Nachmittag war dann
im Reitersaal nach der Andacht eine Feier, und ich
mußte vor allen Leuten ein Gedicht sagen. Ich sagte es gern und gut. Vielleicht hätte ich hinterher wieder zum Beichten gehen sollen und meinen Stolz
bekennen.

Ein paar Jahre später war dann Firmung. In Wartenberg war alle zwei Jahre Firmung. Alle Firmlin-
ge der umliegenden Pfarreien mußten nach War-

tenberg zur Firmung. Die Kirche war schön geschmückt, an den Kirchenbänken waren Tafeln angebracht, wo die Pfarreien angeschrieben waren. So fand ein jeder seinen Platz, und es gab kein Durcheinander. Der Marktplatz war voller Leute, und es waren viele Priester darunter. Kardinal Faulhaber spendete selber dieses Sakrament. Er kam schon am Abend vorher und wurde von vielen Menschen begrüßt. Er beugte sich zu den Kleinkindern herab und segnete sie. Als Kind dachte ich oft, der Bischof sei immer so gekleidet, mit dem schweren Umhang, der Bischofsmütze, dem Stab und dem Ring. Ich hatte nie einen Bischof in Zivilkleidung gesehen. Er war so erhaben und über allem stehend – mit heute nicht zu vergleichen. Alle Paten mit den Kindern gingen dann hernach in die Wirtshäuser und in die Konditorei zum Essen. Da war so eine Firmung auch ein gutes Geschäft. Autos gab's ja nicht – oder nur wenige – so blieb das ganze Geld im Ort. Zur Firmung gab es eine Uhr als Andenken, die schätzte man und trug sie nur an Sonntagen. Meine Firmungsuhr wurde mir nach dem Krieg von einem Amerikaner gestohlen, der bei uns das Haus durchsuchte und zwei Uhren und Mutters goldene Halskette mit einem roten Rubin mitnahm.

Schulfeiern

Gedichte aufsagen gehörte in der Schule zu einem festen Bestandteil des Unterrichts für die Kinder. Es gab viele Gelegenheiten zu Schulfeiern im Laufe des Jahres. Da war der 20. April, Führers Geburtstag, dann der 9. November, der Gedenktag daran, daß 1923 in München Hitleranhänger bei einem Aufmarsch erschossen wurden. Ein Gedicht, das ich mal bei so einer Feier aufsagte, fing so an: "Wir trauern nicht an kalten Sarkophagen...". Wie viele von den Nazi-Gegnern starben, weiß ich nicht mehr, das wurde auch nicht so laut gesagt.

Ferienzeit

Genau wie heute war auch für uns Kinder die Ferienzeit das Schönste. Ferien bedeutete in meiner Jugend nicht große oder kleine Reisen zu machen – so wie heute, wo man dann prahlen kann: Wir waren in Italien oder Spanien. Das konnten höchstens die Apothekerkinder, und da war es nicht sicher. Nein, Ferien, das war am Morgen etwas länger schlafen und in den ersten Schuljahren etwas spielen, meistens Kaufladen spielen. Einige Brettl, und die Ladentheke war fertig. Futtermittel, Sand und Steinchen, das waren die Produkte, die wir verkauften. Wir hatten, wenn ich mich daran erinnere, schon sehr viel Phantasie. Dann bemühten wir uns, sehr vornehm und gespreizt zu reden. Wie wir halt glaubten, daß so ein Kaufmann sich aufführt. Geld hatten wir auch. Man nehme einen Pfennig oder ein Fünferl, darüber Papier und mit dem Bleistift fest rubbeln, man sagte "ribben" und das Geld wurde sichtbar. Dann schön ausschneiden, und das Grundkapital zur Geschäftsgründung war vorhanden.

Zwischen all den Spielereien mußte auch gearbeitet werden, was unseren Kräften entsprach. Das hieß, Gänse hüten und Schweine. Die wurden meistens auf ein abgeerntetes Feld getrieben, um die liegengebliebenen Ähren zu fressen. Es durfte nichts verkommen. Ich weiß noch gut, wie so ein Stoppelfeld (ein Weizenfeld) mit mehreren Frauen bevölkert war, die die liegengebliebenen Weizenähren zusammenklaubten. Die taten "echern". Das waren Frauen, deren Männer wenig verdienten oder auch arbeitslos waren, die daheim mehrere Kinder hatten und so dazu beitrugen, die Haushaltskasse etwas aufzubessern. Die klaubten all die Ähren zusammen, die sie finden konnten, machten große Büscherl davon, die sie am Ackerrand hinlegten. Es waren fleißige Leute, man sah meist nur den Rücken, der Kopf war fest zur Erde gebeugt, denn es wollte jede möglichst viel heimbringen. Diesen ihren Weizen ließen sie dann dreschen und beim Müller mahlen. Es war Mehl, das nichts kostete.

So wie Mehl und Brot von diesen Frauen geschätzt wurde, so war es auch bei den Bauern. Das Brot wurde selber gebacken. Das hieß für die Bäuerin und die Mägde, ganz früh aufstehen und schwer arbeiten, nämlich den Teig kneten – und das alles vor der Stallarbeit am Morgen. Auch mußte der Backofen angeheizt werden. Das Holz wurde dazu zu einem Stoß im Ofen aufgeschichtet und angezündet. War alles verbrannt, wurde der Ofen von den Kohlen und dem Staub mit feuchten Tüchern, die an einen langen Holzstiel oder Besen befestigt waren, herausgewischt. Wenn das Brot gebacken und gut gelungen war, dann freuten sich alle. Wie ich mich erinnere, reichte das Brot so zwei Wochen. Es gab also nicht immer frisches Brot wie heute. Jeder Laib Brot, den Vater oder Mutter anschnitt, wurde erst mit drei Kreuzzeichen gesegnet. Ich selbst habe nicht mehr den Teig für das Brot kneten müssen. Man brachte das Mehl zum Bäcker und holte dann das Brot gegen Bezahlung der Arbeitskosten wieder ab.

Mit den Kartoffeln ging es ähnlich. Im Frühjahr hatte meistens jede von diesen "Tagwerkerinnen", wie die Frauen der meist arbeitslosen Männer auch hießen, einen oder zwei Bauern, wo sie halfen, die Kartoffel zu setzen. Ein "Bifang", das ist eine Reihe, legten sie dann für sich selber. Dafür halfen sie dann beim Kartoffelhacken und auch beim Klauben einige Tage ohne Bezahlung. So war das in meiner Kindheit gang und gäbe.

Herbstzeit – Dreschzeit

Im Herbst oder auch erst im Dezember kam dann die Dreschmaschine mit Dampfkessel. Die Drescher waren bei uns etwa eine Woche da. Dazu sechs bis acht Leute, um die Arbeit zu machen. Meist half ein Bauer dem anderen mit ein oder zwei Leuten aus. Das Getreide mußte aus dem Stock heraus auf die Maschine geworfen werden, dann wurden von einer Magd die Bündel aufgeschnitten, und der Maschinist ließ es in die Maschine. Hinten kam das Stroh heraus, das gebunden wurde und wieder im

Stadel gelagert wurde. Die Spreu oder wie man sagte, das "Amt", das war von der Menge her sehr viel, aber sehr leicht. Also für uns, so mit 14 oder 15 Jahren war das schon Arbeit, dazu eine sehr staubige. War die Ernte gut, so kam das Getreide in großen Mengen aus der Maschine in die fünf bis sechs angehängten Säcke und mußte von einem Mann weggetragen werden, zum Verkauf auf den Wagen oder auf den Speicher. Das war ein langer Weg. Bei uns über den Hof und dann durchs Haus, zwei Treppen hoch, mit einem zwei Zentner schweren Sack auf dem Buckel, oft im Laufschritt. Mein Bruder Alois hat das mit so 19 Jahren eine Woche gemacht, dann ist er an Lungenentzündung auf Leben und Tod dagelegen. Vater sagte, das braucht er nicht mehr zu machen, wenn er nur wieder gesund wird. Gott sei Dank wurde er das. Ja, hernach, so ist es halt, da soll alles anders werden.

Die Bettelleute

Als Kind weiß ich noch gut, wie immer Bettelleut kamen. Meistens Frauen, die gingen in den Hausgang und fingen gleich zu beten an. Mutter gaben ihnen dann ein Stück Brot oder einen Löffel Schmalz, eine Schaufel Mehl oder auch mal ein Ei.

19

Das waren die Zeiten vor Hitler. Mit Übernahme von Hitler hörte das auf. Es wurden Autobahnen und der Westwall gebaut, das gab Arbeit und Brot, wie man sagte. In Erding baute man den Militärflughafen, den es ja heute noch gibt. Also: Es ging aufwärts.

Nun wurden aber die Bauernknechte schon weniger, denn wer am Flughafen arbeiten konnte, der nahm diese Arbeit an. Der Verdienst war größer, und um fünf Uhr war Feierabend. Jahre hindurch weiß ich den Holzner Sepp, der am Morgen 20 Kilometer nach Erding fuhr, im Flughafen bis fünf Uhr arbeitete und dann mit dem Rad die Strecke wieder zurück fuhr. Und wenn wir noch Heu oder Getreide zum Einfahren

Alois Angermaier mal zwei

hatten, half er dabei auch. Ich glaube, es gab so zwei Wochen oder etwas mehr Urlaub im Jahr. Die wurden dann hergenommen, um bei einem Bauern als Erntearbeiter einzustehen. Das hieß Akkordarbeit von früh 4 Uhr und, je nachdem, bis 9 oder 10 Uhr abends. Als Schulkinder in den Ferien mußten wir dann mit dem Handwagen Brotzeit hinaus fahren. Das Wagerl wurde voll mit kühlem Klee gemacht, da wurden dann die Bierflaschen hineingesteckt, dazu Brot, Butter und warme Kartoffeln. Das war die Ferienarbeit. Mittags um eins oder halb zwei mußten wir mit der "Kol", das war eine Emailkanne, den Arbeitern Wasser bringen, denn Vater sagte, die haben großen Durst und halten den bis 3 Uhr zur Brotzeit nicht aus. So waren wir immer eingespannt in den Ferien. Man war eingeplant und merkte es gar nicht. Manchmal denke ich, das ist der Grund, warum ich eigentlich gar nicht wie ihr spielen kann – Karten, Monopoly oder sonstige Spiele.

Der Kanal bricht

1932 passierte die Katastrophe

Zu meinen Kindheitserinnerungen gehört ein Ereignis, das ich heute noch vor mir sehe: Der Ausbruch des Mittleren Isarkanals. Der Kanal war erst zwei oder drei Jahre vorher fertig geworden. Es muß der 12. oder 20. Juli 1932 gewesen sein. Ein Sonntag voll Sonnenschein, es war mittags zur Essenszeit. Beim Nachbarn, dem Unterbauern, war großes Geschrei, und Mutter fragte sich, was denn los sei. Das Wasser kam! Dort, wo die Brücke von Wartenberg nach Moosburg führt, macht der Kanal eine leichte Biegung, und da ist er gerissen. Durch die Enge, einerseits Kanal, andersseits die Berge, schoß das Wasser heraus und kam in Wellen heran.

Beim Nachbarn drang es durchs Fenster ein und hob den Tisch samt dem Mittagessen bis zur Decke. Ich hab bei ihnen ein Foto gesehen, wo das Wasser durch die drei Tunells, die durch den Kanal führen, floß – alle drei voll Wasser bis knapp unter die Decke. Wenn die Tunells nicht gewesen wären und wenn das in der Nacht passiert wäre, die wären alle ertrunken. Bei uns ging das Wasser bis zur obersten Stufe der "Gred" (Stiege), aber nicht mehr ins Haus. Im Stall standen die Kühe bis zum Bauch im Wasser. Kälber und Schweine wurden herausge-

Alle drei Tunells waren damals voll Wasser

23

trieben, so daß keines ertrunken ist. Hernach jedoch sind von den Jungtieren mehrere krank geworden und eingegangen. Ich kann mich erinnern, daß Vater oft zum Finanzamt fuhr, wohl um Steuernachlaß wegen diesem Ereignis. Auch die Futtergrundlage war damit schlecht, alles war voll Dreck, und es herrschte ein Gestank in dem heißen Sommer von ertrunkenen Ratten und Mäusen.

Die Kartoffeln wurden natürlich auch überschwemmt. Also, der Ertrag in diesem Jahr war nicht gut. Daß so viel Wasser aus dem Kanal floß, war wohl auch deshalb, weil erst in Aufkirchen, glaub ich, abgesperrt werden konnte – also viele Kilometer von uns entfernt. Ich weiß noch, erst schaute jeder, wie bei einem Schauspiel, aber dann bekam auch Mutter Angst. An einer Hand nahm sie Alois, an der anderen mich. Dann ging's über die Wiese zum Nachbarn in Wartenberg, dessen Grund an den unseren grenzte. Von da aus schauten wir zu unserem Hof. Alles voll Wasser. Ich seh das Bild heute noch. Sonne und Wasser. Weit und breit Wasser.

Tante Babette und Marie bekamen es auch mit der Angst. Sie flohen aber nicht über die Wiese, sondern sie wollten zur Straße. Im Kinderwagen, der

"Schesn", lag der Schose, und nebenher hetzte Tante Marie mit einem neuen Rad. Als es gefährlich wurde, denn beide rannten ja fast in das Wasser, da schmiß Tante Marie ihr neues Rad weg und mit vereinten Kräften brachten sie den Schosi und sich selbst in Sicherheit. Ich weiß den Hergang aus den Erzählungen meines Vaters. An das Rad aber kann ich mich noch erinnern. Es lag im Gras und war über und über voll Schlamm, total kaputt.

Jetzt, wo ich das schreibe, fällt mir ein: Alle, die das damals erlebten, sind tot. Beim Unterbauern ist keiner mehr am Leben. Alois mit seinen drei Jahren weiß es wohl nicht mehr und Mariele und Regina waren noch nicht auf der Welt. So lange ist das her. Man glaubt es kaum.

Kriegsende

Noch einmal hat der Kanal eine Rolle gespielt, so daß wir den Hof verließen. Das war im Krieg 1945. An diesem Sonntag, dem 28. April, kam der Krieg immer näher. Man merkte es schon lange vorher. Seit Tagen ging es rückwärts mit der Front. Durch den Tunnel kamen Fahrzeuge, ununterbrochen Wagen um Wagen, Motorräder, Lastwägen,

Panzer und was es an Fahrzeugen gibt. Alles Richtung Wartenberg. Soldaten kamen in den Hof, und wir hatten ein mulmiges Gefühl. Ein Soldat wollte was trinken und essen. Ich gab es ihm, da sagte er: "Wie lange hab ich schon an keinem gedeckten Tisch mehr gesessen."

Wir schütteten den Tieren Heu in den Barren und Wasser, gemolken wurde nicht mehr. Dann nahmen wir Geld und Dokumente und was uns noch wichtig erschien in eine Tasche, sperrten das Haus ab und gingen zum Sterr hinauf. Das war ein kleines Anwesen zwischen Wartenberg und Holzhausen, hoch auf dem Berg. Ich war knapp 18 Jahre und sehe das Bild noch: Ein Tag, an dem die Sonne bald unterging, etwas Rauch – oder war es Nebel? – und man sah so weit ins Land. Bis Freising ging der Blick. Dann wurden die Soldaten immer mehr, und man sagte uns: "Hier könnt Ihr nicht bleiben, da ist Feindeinsicht." So gingen wir nach Holzhausen. Beim Schneider, einem kleinen Haus, fanden wir Unterkunft für die Nacht. Mit der Dunkelheit ging die Schießerei los. Es hallte im Wald immer jeder Schuß nach. Wir saßen in dem engen Raum die ganze Nacht und redeten und beteten uns die Angst von der Seele.

Sämtliche Brücken, die über den Kanal führten, wurden gesprengt, so daß nur noch die drei Tunnel bei uns heil blieben. Als ob die kaputten Brücken die Amerikaner gehindert hätten, den Kanal zu überqueren. Am Morgen gab uns der "Gammel" aus Holzhausen dann Milch zu trinken, und das Gedröhne wurde leiser. So faßten wir den Entschluß heimzugehen. Als wir den Weg, der oben auf dem Berg von Holzhausen zur Straße verläuft, begehen wollten, ratterten die Maschinengewehre. Ich weiß nicht, war es Freund oder Feind. So schnell mich die Füße tragen konnten, ging's runter in die geschütztere Lage.

Beim Streh lag ein Verwundeter in der Stube und wurde gerade versorgt. Als wir uns wieder gefaßt hatten, machten wir wieder einen Versuch, nach Hause zu gehen. Diesmal klappte es. Wir waren daheim. Aber wie es aussah: Ein Haufen Soldaten im Hof, SS, die hatten die Haustüre aufgebrochen und gehaust wie die Räuber. Ich denke, die haben sich Räusche angetrunken, denn die sahen ja, es ging zu Ende. Vater beschwerte sich bei einem SS-Mann oder Offizier, über den Zustand, in dem das Haus war. Soviel ich mich erinnere, sagte er so etwas wie: Schlimmer kann ja der Feind oder der Russe nicht hausen. Das war dem Anführer zuviel: Er nahm seine Pistole von einer Hand in die andere und machte uns klar, daß immer noch Krieg war. Wir standen um Vater herum und fingen an zu weinen. Da drehte er sich endlich um und ging. Im nachhinein merkten wir: Das war knapp und hätte bös ausgehen können.

Wer bei der SS war aus Überzeugung, der sah alle Träume vom Hitlerrreich schwinden. Die anderen aber, die nur auf Grund ihrer Größe und Drahtigkeit zur SS befohlen wurden, die hatten wohl auch Angst, wie das weitergeht. Denn alle standen ja mit dem Rücken zur Wand. In der Kammer waren unsere Räder eingesperrt, hier wurde auch aufgebrochen, und auf jedem Gepäckträger war eine Panzerfaust befestigt. Wie wir die los wurden, weiß ich nicht mehr. Es wurde wieder Nacht. Diesmal blieben wir daheim. Es war kalt, wir heizten ein und kochten Kartoffeln. Auf einmal wurde alles auf der anderen Seite des Kanals voll Nebel. Man sagte uns: Die Amerikaner nebeln sich ein. Wir lagen im Kartoffelkeller auf dem Stroh. Ich fürchtete auch keine Maus mehr. So ein Geschehen stumpft ab. Und wo so ein Krieg länger dauert, wundert es nicht, wenn die Menschen trotz Beschuß auf die Straße gehn, um Wasser oder Brot zu besorgen. Wenn man seine Heimat verläßt, wie wir nur eine Nacht, dann ist man fremd und hat nichts, ist froh um Milch, wie wir es in Holzhausen waren.

Die ganze Nacht wurde noch geschossen, und am Morgen war ein großer Donner, daß die Wände wackelten, dann war Schluß. Der Krieg war aus. Ein junger Soldat, fast ein Bub, kam vom Nachbarn her und suchte seine Kameraden. Er hatte geschlafen, und inzwischen hatten sich alle aus dem Staub gemacht.

Als wir im Schweinestall den großen Dämpfer zum Kartoffelkochen herrichten wollten, war der Dämpfer voll Uniformen. Die hatten sich alle Zivilklamotten besorgt und waren abgehauen. Am 1. Mai läuteten dann in Wartenberg alle Glocken zur Maiandacht – der Krieg war vorbei. Es waren keine Häuser zerschossen worden.

Die Opfer

Ich fuhr ein paar Tage später mit dem Fahrrad nach Thenn zur Tante, um zu sehen, wie es da war. Auf der Weide vor einem Bauernhof lagen drei oder vier Kühe, aufgeblähte Bäuche, seit Tagen tot. Die

Magd hatte die Kühe auf die Weide gelassen, als die Amerikaner kamen, da schlug ein Artilleriegeschoß ein. Durch einen Splitter kam sie selbst um Leben und die Tiere dazu. Diese Frau war, soweit ich weiß, das einzige zivile Kriegsopfer in unserer Gegend. Am Kanaldamm gleich nach dem Tunnel lagen etliche tote Soldaten, ob Freund oder Feind weiß ich nicht. Mutter hat sich das angesehen. Sie sagte: "Wie sie hingefallen sind, so lagen sie." Das Gesicht zur Erde oder die Augen offen zum Himmel – und das ein oder zwei Tage, bis sie abgeholt wurden. Sie starben den "Heldentod" für das Vaterland. So einsam und so jung. Die wollten sicher keine Helden sein und waren auch keine, sondern junge Burschen, die leben wollten. Wie oft hat sich das seither wiederholt in den 160 bis 170 Kriegen, die seitdem auf dieser Welt geführt wurden.

Bezugsscheine

Der Krieg war vorbei, aber wenn ich zurückdenke dann muß ich sagen, auch auf dem Land spürte man den Krieg all die Jahre. Wir hatten zwar keinen Hunger, denn Hühner, Schweine und Kühe standen im Stall, doch man hatte ja abzuliefern.

Wenn man ein Schwein schlachten wollte, mußte bei der Gemeinde ein Schein beantragt werden, den bekam man auch nach Personen berechnet. Hatte man also den Schein für die Schlachtung, dann mußten aber zwei Schweine das Leben lassen – das war nicht so gefährlich, wenn kontrolliert wurde. Bis so ein Schwein im Rauchfang hing, mußte man ja allerhand tun. Das Fett wurde ausgelassen, das roch man im ganzen Haus. Ohne Schein war das schwer zu vertuschen. Da wurde dann Milch auf die Herdplatte geschüttet, aber viel half es auch nicht. Eins zu zwei war da schon gefahrloser. Nun, manch ein Polizist, den man schon lange kannte, hatte auch Familie und hatte Hunger.

Auch in den Ämtern im Erding hatten die Beamten Frauen, und die schätzten einen "Zenterling" G'selchtes oder frische Eier. Also ein bisserl was ging immer, um an einen Bezugsschein zu kommen, wenn man nicht gleich einen 100 oder 200 prozentigen Hitler vor sich hatte.

Die Bombardierung von München

Die Bombardierungen liegen mir heute noch in den Ohren. Als München das erste Mal angegriffen wurde, das war im September 1941, denke ich. Es schepperte so bei uns, daß Vater in den Stall ging und einen Stier verdrosch, denn er glaubte, daß er sich mit seinem Nachbarn nicht vertrug, doch kaum im Bett, ging's wieder los. Wir wurden aufgeweckt, und alle zogen wir uns im Dunkeln an. Hinter dem Stadel sahen wir, wie "Christbäume" gesetzt wurden, das waren Leuchtraketen, und in den abgesteckten Zonen wurden die Bomben geworfen. Alles war taghell.

Ab dieser Zeit wurden viele Münchner evakuiert. Auch wir hatten zwei Familien, das heißt zwei Frauen mit ihren Kindern. Es wurde noch öfter bombadiert. Wir hatten immer eine Gänsehaut, aber uns passierte nichts. Doch halb München ging kaputt. All der Schutt wurde dann aus der Stadt geschafft, und die Schuttberge vor München sind heut noch Zeuge von der Verwüstung der Stadt. Heute ertönt von diesen Schuttbergen wieder Frohsinn und Lachen von den Kindern, die im Winter mit dem Schlitten den Berg hinunterfahren. Nach 50 Jahren finden auch die Spaziergänger diesen großen Hügel sehr schön, dabei ist alles Schutt aus Häusern, wo viele Tote zu beklagen waren.

So ist halt das Leben, aus Tränen wird wieder Lachen, es ist der Lauf der Welt.

Der Flughafen Erding wurde auch bombadiert und die Stadt dazu. Es gab viele Tote, als das Stadtzentrum und der Lexsaal getroffen wurden.

An einem Vormittag im Herbst, ich denke, 1943 war es. Über uns eine große Staffel Bomber. Ganz schwer flogen sie über uns, zu sehen war keiner, denn alles war wolkenverhangen. Ich ging gerade vom Acker heim, von einem ganz komischen Geräusch erschreckt, blieb ich stehen. Da kam aus den Wolken ein bombenähnliches großes, silbergänzendes Etwas auf mich zu, das sich drehte. Mir blieb fast der Atem weg. Eine Luftmine war mein Gedanke, und im nächsten Augenblick warf ich mich zu Boden. Ich hielt mir die Ohren zu und harrte der Dinge, die da kommen sollten. Was mir so großen Schrecken einjagte, war ein fast leerer Tank, den ein Flugzeug abgeworfen hatte. Da im Tank noch etwas Sprit war, drehte er sich immer und sauste dann hinter unserem Hof in die Kanalböschung. Ich weiß nicht, wie lange ich liegen blieb, doch als nichts geschah, lief ich heim und dann besichtigeten wir die "Luftmine".

Arbeit mit den Gefangenen

Nun war der Krieg vorbei. Jetzt gingen auch die Arbeitskräfte weg, das heißt, die Gefangenen. In Moosburg gab es die Stalag. Ein riesiges Lager für Gefangene aus allen Nationen. Viele fürchteten Raub und Plünderungen, wenn sich da die Tore öffneten. Was in den umliegenden Dörfern geschah, weiß ich nicht. Wer seine Gefangenen schlecht behandelt hat, der hat sich wohl gefürchtet und versteckt. Bei uns ist nichts passiert.

Der Patrone, so sagten die Franzosen zu meinem Vater, war schon in Ordnung. Auf unserem Hof waren während des Krieges Polen und eine Ukrainerin, die Pascha, so hieß sie. Das war ein Luder, aber eine gute Arbeiterin, die bei uns genau wie die Polen wohnte. Bei der Ernte, ob Heu oder Getreide, mußte ja alles mit den Pferden und den Wagen heimgefahren werden. Ich war knapp 18 und mußte das auch schon auf dem Wagen machen. Man stand im Heu bis zum Hals – bei der Hitze! – und mußte die Gabeln aufnehmen und halten, vier bis fünf Lagen hoch. Dann kam der Wiesbaum drauf. Hinten und vorne wurde der fest gebunden, und fertig war das Fuder (Wagenladung). Diese Arbeit fürchtete ich, denn ich war klein und dann die Hitze dazu. Das tat mir gar nicht gut. Vater teilte dann Pascha dazu ein, die konnte das, wenn sie wollte. Merkte unsere Pascha, daß ich mal ein Kleid oder einen Stoff hatte, der ihr gefiel, dann fing sie so an: "Wer heute Waggon?" "Hanni Waggon" oder "Alois Waggon". Wenn man ihr dann den Stoff oder das Kleid gab, dann war Pascha auf dem Waggon (Wagen). Damals ging schon Arbeit gegen Ware oder Ware für Arbeit.

An Gefangenen hatten wir auch den Mario, einen alten Italiener aus Bergamo. Aber wenn ich es recht sehe, so alt war der gar nicht. So zwischen 40 und 45 Jahren. So ist es. Für mich war der alt, uralt, und was bin ich heute? Ich glaube, heute sagt man Oma, wenn's auch keine ist, oder Grufti. So glaube ich, heißt's bei den ganz Modernen.

Dabei fühle ich mich trotz allem noch nicht so alt, aber daran seid Ihr, meine Kinder, schuld. Mit der Jugend bleibt man doch jünger, als im schönsten Haus, wo kein Lachen ist, sondern nur sozusagen Staub von gestern.

Die Flüchtlinge

Als mit Kriegsende die Gefangenen heim kamen, dabei die Deutschen aber in Gefangenschaft gingen und viele gefallen waren, war die Reihe an uns, diese Kräfte zu ersetzen. Alois mit seinen 16 Jahren mußte soviel arbeiten und so schwere Arbeit, daß man es gar nicht beschreiben kann. Da er groß und kräftig war, wurde ihm mehr aufgebürdet, als seinem Alter entsprach. Die Maschinen gab es noch nicht, so stellte man sich mit den Flüchtlingen gut.

Im Hause hatten wir junge Leute, Geschwister aus Schlesien, dann den Heinz Liema aus dem Sudetenland, der dann mit der Else aus Schlesien Hochzeit feierte bei uns. Die Ehe ging gut. Die haben in Feucht bei Nürnberg ein Haus gebaut und leben dort. So vermischten sich die ganzen Stämme und auch die Gebräuche. Wir probierten die Kartoffelknödel, die man nicht kannte, und noch so manches. Anderseits, die Flüchtlinge versuchten die bayerische Kost. So vermengte sich alles. Viele von den Fremden, die hier hängen blieben, waren evangelisch. Die feierten den Geburtstag, wir ja nur den Namenstag. Heute ist es keine Frage mehr, der Geburtstag wird überall gefeiert. Nicht nur in Taufkirchen und Wartenberg wurden evangelische Gotteshäuser gebaut, und Ihr wißt es gar nicht anders, als daß beide Religionen nebeneinander Platz haben. Die Dörfer waren vor dem Krieg rein katholisch. Heute ist das anders. Ja, heute ist manches anders, aber nicht alles besser.

Das Bauernjahr

So ein Bauernjahr fing an Lichtmeß an und dauerte bis Lichtmeß. An Lichtmeß wurden die Kerzen geweiht für die Kirche, die im ganzen Jahr gebraucht wurden, und für die Familien, um bei Krankheit oder im Todesfall geweihte Kerzen zu haben. Am Abend des Lichtmeßtages wurde ein Rosenkranz gebetet und dazu die kleinen Pfennigkerzen, die am Morgen geweiht worden waren, auf ein hölzernes Teller gepappt, für einen jeden im Haus eine Kerze. Waren der Rosenkranz gebetet und die Kerzchen verbrannt, dann wurde die Asche, also der Rest der Kerzchen gegessen. Das sollte vor Halsschmerzen bewahren.

So zwischen Lichtmeß und den Faschingstagen wechselten die Ehhalten (Dienstboten) den Bauern. Wer diese Zeit nicht einhielt und während des Jahres oder jedes Jahr einen neuen Bauern suchte, der stand nicht im besten Ruf. Aber auch der Bauer, der immer Leute suchte, wurde nicht gerade gelobt. Die Höhepunkte so eines Jahres waren die "Schlenkeltage", das "Arnbier" und der "Kirta".

Die Schlenkeltage

Die Schlenkeltage waren die Tage von Lichtmeß bis Fasching. War es ein langer Fasching, dann war das besser, dann war jeder Dienstag, Donnerstag und der Samstag (doch das weiß ich nicht mehr sicher), immer nachmittags arbeitsfrei. Das war sozusagen der Urlaub und die Zeit, um Besuche bei der Verwandtschaft zu machen. Und wenn man bei einem neuen Bauern eingestanden ist, hatte man an diesen Tagen Zeit, seine Sachen dorthin zu bringen und den Kasten zu fahren. Denn der neue Dienstherr brachte das "Sach" an Ort und Stelle. Sonst gab es keinen Urlaub, nur an bestimmten heiligen Tagen "abgeschaffte", also arbeitsfreie Nachmittage. Diese Tage waren wohl Katharina oder Anna. Ich weiß es nicht mehr genau.

Das waren die Urlaubstage der Knechte und Mägde. Die Mägde mußten auch die Betten der

Knechte jeden Tag aufbetten. Also den Strohsack
aufschütteln und das Bett machen. Es war Brauch,
daß der Knecht zum Dank dafür der Dirn an Lichtmeß einen Wachsstock schenkte. Heute sind
Wachsstöcke wieder modern. Damals gab es schon
sehr schöne Stücke. Ich glaube, ein Knecht, der so
einen Wachsstock kaufte, investierte mehr Geld in
den Wachsstock, wenn er das Mädel gut leiden
konnte oder gar (heimlich) liebte als einer, der nur
der Gepflogenheit Genüge tat. War so eine heimli-
che Liebe unter einem Dach, dann hieß es für die
beiden, vorsichtig zu sein, daß niemand davon was
merkte, denn meistens mußte sonst einer von beiden gehen. Um nicht ins Gerede bei Nachbarn und
Pfarrer zu kommen, blieb dem Bauern gar keine andere Wahl. Vielleicht kommt daher das Sprichwort
"Nichts kann brennen so heiß als eine Liebe, von
der niemand weiß."

So ging das Bauernjahr weiter. Jede Arbeit war
Handarbeit, und mit den Ochsen und Pferden wurde alles angebaut, geeggt und in die Scheune gefahren. Bei dieser Arbeit wurden dann die jungen
Pferde an den Zügel gewöhnt, denn beim Verkauf
brachte ein Pferd mehr Geld, wenn es auf Hüh und
Hott reagierte, als ein Handroß, das das nicht ver-

stand und nur mitging an der Seite des Zügel- oder Wouherrosses. So mußte tagelang das junge Pferd geführt werden. Das war eine Arbeit, die ich nicht gern tat. Die Pferde waren jung und tänzelten und stiegen hoch, ich fürchtete das. Einmal trat mir eines auf den Fuß. Drei Tage hatte ich Schmerzen und konnte in keinen Schuh. Aber was half es. Das war die richtige Arbeit für mich, als ich das letzte Jahr zur Schule ging oder schon draußen war.

Das Ende meiner Schulzeit

Als ich aus der Schule kam, hab ich bitterlich geweint. Ich wollte immer weg, was lernen und mein Leben einfach anders gestalten. Ich hatte halt Träume. Der Sparkassenleiter von Wartenberg, Herr Kräh, kam zu uns, um zu fragen, ob ich als Lehrmädchen zu ihm ins Büro kommen wolle. An diesem Tag war ich beim Arbeiten im "Brabat", das war eine Wiese, neun Tagwerk groß, zwischen Langenpreising und Moosburg. Mutter sagte: "Wenn wir unsere Kinder was lernen lassen, wer soll dann beim Bauern arbeiten?" Dieser Traum von der Arbeit in der Bank war also ausgeträumt.

Mutter wollte halt mit allen Mitteln eine Bäuerin

aus mir machen. Ich kann mit gutem Gewissen sagen, alle Arbeit hab ich sauber und korrekt getan. Den Kühen im Winter wie Sommer die Schwänze gewaschen, die Viecher sauber geputzt, Futter hergerichtet und gemolken – aber mit dem Herzen war ich nie dabei. Ich habe auch gern im Haus gearbeitet. Wenn Zeit war, dann hieß es von Mutter: "Der Kehraus und der Putzaus, die bringen kein Geld ins Haus". So sind mir mit den Jahren alle Flausen vergangen. Wenn ich das so schreibe, dann denkt Ihr wohl, ich hätte Mutter nicht lieb gehabt. Das ist nicht wahr. Aber Mutter hatte, was den Hof betraf, auch eine Härte gegen sich selbst. Sie war genügsam, um ja dem Hof nichts wegzunehmen, denn die Zeiten waren einfach anders als heute.

Vater war anders. Als die Flüchtlinge nach dem Krieg kamen, da weiß ich noch, wie er sagte: "Alles haben sie hinten lassen müssen, aber was sie im Kopf haben, kann ihnen niemand nehmen". Heute weiß ich, Vater hatte den Zug der Zeit schon damals begriffen. Vielleicht war es dieses Erleben, daß ich das Zur-Schule-Gehen bei Euch immer unterstützt habe, als Ihr mir allein anvertraut wart. Es ist mir nie darum gegangen, daß Ihr schnell viel Geld verdient in der Fabrik im Akkord, sondern daß Ihr Freude an der Arbeit habt, obwohl dieses Lernen und Studieren von mir, aber auch von Euch Opfer verlangt hat. Mit 16 stand kein Moped vor der Tür und mit 18 kein Auto wie bei vielen anderen, aber Ihr habt es, je älter Ihr geworden seid, immer besser verstanden. Heute weiß ich, Ihr seid zwei prächtige Menschen geworden, auf die ich stolz bin, die einen Blick für Not und Leid in der Welt haben und mit denen man einfach reden kann, weil Ihr keine solchen Egoisten seid, denen nur Geld etwas bedeutet.

Die Ernte

Ich hatte in der Jugend, wie Ihr jetzt wißt, keine Wahl. Wenn die Zeit kam, wo Ihr jetzt für die Sommermonate Urlaub macht, Juli, August, da ging die Ernte los. Vor der Ernte fuhr Vater nach Erding zum Erntemarkt. Er stellte damals ein oder zwei "Arner" (Erntearbeiter) ein. Die verdingten sich für die Zeit der Ernte zu einem Bauern, um bei guten Wetter etwa zwei Wochen lang für einen fest ausgehandelten Lohn zu arbeiten. Dieser Vertrag zwischen Bauer und Arbeiter wurde nicht schriftlich gemacht, sondern per Handschlag. So ein Handschlag war soviel wie eine Unterschrift unter einen Vertrag. Mit einem Handschlag wurde zum Beispiel auch der Verkauf eines Pferdes besiegelt.

Alles Getreide wurde mit der Sense gemäht, hinter jedem Mäher mußte bei Weizen und Korn (Roggen) einer mit der Sichel die Mahd wegrichten, also kleine Haufen machen, die dann später gebunden wurden und von denen fünf bis sechs Korn- oder Weizenbündel zu den "Kornmandeln" zusammengestellt wurden. Bei Regen wurden die Ähren damit nicht so naß und waren auch bald wieder trocken. In meiner Erinnerung ist dieses "Richten" hinter dem Mäher so mit 15, 16 Jahren eine sehr schwere Arbeit gewesen. Das Getreide war am Morgen voller Tau. Oft waren Wicken drin verwachsen, so daß ich mit dem Ziehen und Reißen nicht fertig wurde. Manch ein Erntearbeiter nahm eine ganz große Mahd, so daß man mit der Sichel ein- oder zweimal hinlangte und schon hatte man einen Haufen. Der Mann war oft schon weit vorne, und ich kam nicht nach, und der Mäher hinter mir kam mit seiner Sense bedrohlich näher. Für mich war das schlimm.

Einige Jahre nach dem Krieg machten findige Schmiede dann an die Mähmaschine so eine Vorrichtung, daß man das nicht mehr von Hand machen mußte. Man nannte das einen Ableger: Die Mechanisierung der Landwirtschaft hatte begonnen.

Der nächste Schritt war der Bulldog (Traktor), anfangs ein Holzvergaser und hinten dran ein Binder, der die Büschel gleich mit einer Schnur band und dann auswarf. Als diese Binder erfunden waren, hatte auch das "Antragen" ein Ende. Bei dieser Arbeit wurden meist drei Reihen der mit der Sichel hingelegten Haufen Getreide in eine Reihe gebracht.

Wir Kinder hatten als Ferienarbeit die farbigen Strickbänder auf den Boden zu legen, und die Frauen legten drei oder vier Haufen drauf. Eine Arbeiterin band das fest zusammen zu einer großen Garbe. Man gab uns Strickbänder um den Hals, so einen dicken Bund, daß man am Anfang den Kopf kaum heben konnte. Wenn sich durch das Ziehen die Stricke verhedderten, dann rissen alle dran, denn man wollte ja das Feld bald fertig haben. Am Abend hatten wir Kinder oft ganze Striemen am Hals und meist auch die Farbe der Stricke dazu. Ja, das waren erholsame Ferien.

Die Maschinen in der Landwirtschaft wurden

mehr, und die Leute, die dort arbeiteten, weniger. Das war ja die logische Folge. Die Fabriken suchten Arbeitskräfte, und die kamen zum großen Teil aus der Landwirtschaft. Zum anderen kosteten die Maschinen einen Haufen Geld, so daß ein Bauer, der sich für die modernen Maschinen entschied, bald auch die eigenen Kinder außer dem Hoferben vom Hof gehen ließ. Die konnten nun einen Beruf erlernen oder als ungelernte Arbeiter woanders schnell Geld verdienen.

Ich stelle fest, ich bin um zehn Jahre zu früh geboren worden.

Das Arnbier

Als als nächstes dann die Mähdrescher kamen, war die Ernte keine große Sache mehr. Am Anfang waren es Lohndrescher, die viel Arbeit hatten. Mit der Zeit aber hatte bald jeder Bauer, der was auf sich hielt, seinen eigenen Mähdrescher. Nun kam das Stroh in die Scheune und das Getreide gleich auf den Speicher oder auf den Markt. Im Winter mußte man nicht mehr dreschen, und die Dampfmaschine hatte ausgedient.

Auch das "Arnbier" war bald keine große Feier

mehr. Als noch viele Arbeiter zur Ernte nötig waren, war der Abschluß der Erntearbeiten eine große Feier. An Fleisch in großen Mengen, Küchl und vor allem Bier wurde nicht gespart. Die Freude, daß die Ernte eingebracht war und alles gut gegangen ist, machte sich breit, und manch ein Arbeiter trank über den Durst.

Man muß bedenken, eine gute Ernte, das bedeutete, daß wieder Geld ins Haus kam und man rechnen konnte hinsichtlich notwendiger Einkäufe. Oft stand das Getreide sehr schön und ein paar Tage vor der Ernte kam ein Hagelwetter, und die Mühe eines ganzen Jahres war in wenigen Minuten zerschlagen. Es gab zwar eine Versicherung gegen Hagel, aber nicht jeder Bauer nahm die in Anspruch, denn das kostete ja Geld, und nicht jedes Jahr verhagelte es alles. So zitterte man lieber und versprach eine Kerze oder eine Wallfahrt, wenn die Ernte gut unter Dach kam. Es gab da einen Spruch, den die Nichtbauern gerne sagten, der hieß: "Bei der Hollerblüh gehn die Bauern nieder auf die Knie, aber an Barthlmä, da recken's die Köpf in d' Höh" (Hollerblüh ist im Juni vor der Ernte, Bartholomäus ist der 24. August, also nach der Ernte).

Der Heißnmarkt

Jedes Jahr Anfang September fuhr Vater zum Heißnmarkt (Fohlenmarkt) nach Bad Aibling. Er kaufte immer zwei, manchmal auch drei Heißn. Wenn die dann gebracht wurden, freuten sich alle, denn Fohlen sind ja so schön und niedlich. Vater bemühte sich sehr, daß ja alles sauber war. Er kehrte den Barren nicht nur einmal, sorgte für das beste Heu und für die richtige Temperatur beim Trank. Junge Fohlen sind ja empfindlich, also durfte es keine Zugluft geben. Doch trotz allem geschah es mehr als einmal, daß eines krank wurde und das Zeitliche segnete. Wenn Vater drei Stück kaufte, dann war es fast die Regel, daß nur zwei durchkamen und im nächsten Jahr als "Jährlinge" auf der Weide herumsprangen. Mit drei Jahren wurden die Rösser dann verkauft, und die brachten eine gute Einnahme. Wenn der Käufer oder Händler sie dann abholte, dann hatte Vater etwas Stolz, aber auch Wehmut im Blick, denn ein Tier, besonders ein Pferd hat halt eine Seele und wächst einem ans Herz.

Beim Roßschneider

Einmal war ich dabei, als auf dem Hof zwei Pferde kastriert, man sagte "geschnitten", wurden. Das war sehr aufregend. Mitten auf dem Hof wurde schönes Stroh aufgeschüttet. Dem Hengst, der kastriert wurde, hatte man schon Seile an den Fesseln angelegt. Als er mitten im Stroh stand, gab der Tierarzt das Kommando: Eins, zwei, drei! Bei drei mußten alle fest anziehen, so daß dem Hengst die Füße weggezogen wurden und er auf dem Stroh lag. So ein Hengst, jung und voller Kraft, der wehrt sich. Es wäre schlimm gewesen, wenn das Pferd es geschafft hätte, nochmals hoch zu kommen. Wir zogen mit allen Kräften, bis der Tierarzt die Spritze gegeben hatte, dann war's besser. Jedem, der dabei war, stieg die Hitze ins Gesicht, auch dem Tierarzt. Die Dirn mußte sich als Arzthelferin betätigen und dem Herrn Doktor Messer, Schere und Klupperl (Klammern) reichen. Als die Operation vorbei war und das Tier von den Seilen befreit wieder auf dem Boden stand, ging es wieder in den Stall. Hier wurde es so angehängt, daß es sich nicht wieder hinlegen konnte, denn das wäre tödlich gewesen. Nun mußte immer jemand im Roßstall sein und aufpassen. Auch nachts war Stallwache angesagt, wobei sich die Männer abwechselten.

Der Verkauf der Pferde und dazu eine gute Ernte – das bedeutete, daß Geld ins Haus kam und man kalkulieren konnte. Es war ja nicht so, daß ein Bauer wie heute laufend und regelmäßig Einnahmen hatte. Die Kühe gaben nicht die Menge Milch wie heute, und wenn einer in unserer Gegend 15 oder mehr Milchkühe hatte, dann war das schon ein Großer. Das Milchauto kam nicht auf den Hof, sondern ein Fuhrwerk holte die Kannen und fuhr sie zur Milchsammelstelle, wo das Auto sie abholte. Jeden Tag wurde Milch durch die Zentrifuge getrieben, aus dem Rahm wurde Butter gemacht, den der Karrer, der die Eier holte, dann kaufte. Die Magermilch wurde an Kälber und Ferkel verfüttert.

Für Einnahmen sorgte noch das Schlachtvieh, etliche Kühe, Stiere und Kälber. Die Ferkel wurden zum Ferkelmarkt nach Moosburg gebracht. Das Geld für Gänse und Enten sowie Butter und Eier bekam die Bäuerin zu ihrer eigenen Vefügung. Wenn man Glück im Stall hatte, dann wurden noch trächtige Kalbinnen oder ein oder zwei Kühe mit dem Kalb verkauft. Das waren die Einnahmen während des Jahres aus dem Stall. Wie wichtig dieses Glück im Stall war, ersieht man daraus, wie ich noch weiß, daß Fremde oder auch Verwandte, wenn sie in den Stall gingen, immer sagten: "Wünsch Glück!"

Wie das elektrische Licht kam

Zu meinen Kindheitserinnerungen gehört auch, wie bei uns das elektrische Licht kam. Von dem kleinen E-Werk Ostermaier & Hartl in Wartenberg wurde der Strom geliefert. Bis es jedoch soweit war, mußten von Wartenberg durch unsere große Wiese Masten gesetzt werden. Diese waren aus Holz und nicht so ungeheuer groß wie heute. In Haus und Stall und allen Nebengebäuden wurden Leitungen gelegt, alles ganz einfach, auch im Haus auf Putz, einige Steckdosen im Haus und in der Scheune, sowie im Stall. Ich weiß noch, wie auf dem Hof zwei Elektromotoren gekauft wurden, ein kleiner und ein größerer. Wieviele PS die hatten, weiß ich nicht mehr. Diese Motoren wurden auf Wägelchen montiert, so daß man sie dahin fahren konnte, wo man sie brauchte. An diesen Motoren waren viele Meter Kabel, und man kam gut zurecht damit. Nun brauchte man nur den Schalter drehen, und es war

Licht und Kraftstrom da. Die Sturmlaternen wurden nicht mehr gebraucht. Im Stall war es hell, und auch im Haus gab es keine Schatten mehr. Die Petroleumlampen hatten ausgedient.

Als Kind weiß ich noch, daß Mutter – es war gerade Erntezeit – den Schnuller für eines meiner Geschwister suchte, doch der "Pipp", wie man sagte, war nicht zu finden. Mit der Kerze im Schlafzimmer suchte Mutter am Fenster und plötzlich fingen die Vorhänge Feuer. Die Spitzenvorhänge und die gelben Übergardienen waren ein Raub der Flammen. Jedoch war jeder froh, daß nicht mehr passierte.

Das Radio

Bald nachdem wir zuhause Strom hatten, kaufte Vater ein Radio. Nun gab es Nachrichten aus der ganzen Welt und auch Hörspiele und Musik. So wie heute, wo das Radio überall, genau wie bei mir, fast den ganzen Tag eingeschaltet ist, war es nicht. Wenn aber Hitler seine Reden hielt, dann war das Radio eingeschaltet. Vater war kein Hitleranhänger, aber wenn es hieß: Heut redet Hitler – das war ja schon nach der Machtübernahme –, dann weiß ich wie Vater immer sagte: "Heut redet der 'Bazi' (Schurke) wieder." Mutter sagte oft: "Paß auf, daß es niemand hört, sonst kommst nach Dachau." Von dem Geschrei war Vater doch fasziniert. Als Hitler im Bürgerbräukeller redete und dann der Anschlag auf ihn war, da war bei uns auch das Radio eingeschaltet. Man hörte ein Donnern und Krachen und Geschrei. Am anderen Tag hieß es dann, daß eine gütige Vorsehung uns den Führer erhalten habe. Vater meinte nur: "Der Bazi ist nicht umzubringen."

Der Kirta

Das zweite große Fest im Jahr war der Kirta (Kirchweih). Man feiert den Kirta im Oktober. Bis zu diesem Fest wurde das Haus gestöbert, meistens auch noch die Stube geweißelt. Von da ab wurden die Mahlzeiten wieder in der Stube eingenommen, nicht mehr wie den Sommer über in der "Fletz", dem Hausgang, der im Sommer ja kühler war. In der Kirtawoche war viel zu tun. Ein Schwein wurde geschlachtet, Gänse und Enten mußten ihr Leben lassen, und dann kam der "Karrer", der immer die Eier kaufte und auch diese Viecher holte. Mutter ergänzte, was so im Haushalt fehlte. Es wurde

52

geputzt und gewaschen, als wenn hernach keine Zeit mehr dazu wäre. Bettwäsche und Vorhänge hingen an der Leine, und auf dem Felde wollte man die Runkelrüben noch heimbringen und den Weizen anbauen. Wenn man so recht geschuftet hatte, dann nahm man sich zwei Tage Zeit zum Feiern. Zu Mittag gab es gekochtes und gebratenes Fleisch, Semmelknödel, die so locker und schön gelb waren von den vielen Eiern, dann das Kirtabrot, das so gut schmeckte, und die Kirtanudeln, die Mutter sehr gut machen konnte. Am Abend gab's dann für jeden ein halbes Gickerl, und nach dem Abendessen wurde das Grammophon angestellt und mit den Kirtagästen ein wenig getanzt.

Am Kirchweihmontag kam dann, als ich noch ein Schulkind war, der Pfarrer Huber mit dem Kirchenchor und dem Kooperator, heute sagt man Kaplan. Dieser kam erst später, denn er mußte meist noch den Rosenkranz halten oder die Andacht. Sie ließen es sich gut schmecken, so daß Pfarrer Huber mal sagte: "Es wäre gut, wenn der Buckel auch ein Bauch wäre." Dann wurden meist noch Spiele gemacht. So weiß ich noch, daß blinde Kuh gespielt wurde. Da spielte auch der Pfarrer mit, ich glaub', das gefiel ihm.

Das Wichtigste aber war das Kirtabier. Das schmeckte allen, denn es war Freibier. Vater holte meist am Samstag einige Fässer beim Reiterbräu mit dem Wägelchen, davor war ein Pferd gespannt. Es wurden die Erntearbeiter zum Kirta eingeladen, schon zum Mittagessen. Am Nachmittag kamen dann der Schreiner und der Sattler – all die Handwerker, die das Jahr über gebraucht wurden, und auch Nachbarn oder gute Bekannte. Es wurde Brotzeit gemacht mit gekochtem oder gebratenem Fleisch und Bier, soviel man wollte. Mutter gab dann jedem Kirtanudeln mit. So ein Mann wie der Glaser Schußmann, der ein weites Gäu hatte, brachte da schon was heim. Es war ja Brauch, daß man vor dem Kirta oder spätestens vor Allerheiligen den Glaser holte, oder er kam gleich selber und schaute nach, wie viele Scheiben den Sommer über kaputtgegangen waren im Haus und im Stall.

Ein paar Wochen nach dem Kirta ist dann Allerheiligen. An Allerheiligen bekamen wir Kinder von der Taufpatin den "Seelenwecken". Das war ein Stangenbrot, nur etwas dicker. So ein richtiger Wecken aus Semmelteig und dazu ein paar Mark Geld, das war natürlich für uns ein schönes Fest. Auch ging Mutter an Allerheiligen mit uns zum

Friedhof nach Langenpreising, wo unser Großvater beerdigt war. Nun, der Rosenkranz, der gebetet wurde, war uns wie allen Kindern zu lange. Aber hernach, der Gräberumgang, das ging noch, denn gleich danach ging es zum Oberwirt mit der ganzen Verwandschaft. Da gab es Bratwürste, Semmeln und "Kracherl", eine Limonade. Uns stimmte so ein Friedhofsbesuch nicht traurig, das war mal was anderes, und jede Abwechslung war gefragt.

Die Handwerker auf dem Hof

Wenn sich das Jahr im November dem Ende zuneigte, dann war es oft schon ganz schön kalt. Zum Schulegehen waren wir neu eingekleidet worden. Ein Kleid und dazu neue Schürzen. Da ich die Älteste war, mußte ich auch von keiner Schwester was auftragen, so daß ich, wenn ich aus den Sachen des vorigen Jahres heraus gewachsen war, auch einen neuen Wintermantel bekam. Aus Langenpreising kam die Näherin auf die Stör (ins Haus) mit ihren Lehrmädchen und nähte die Sachen für uns Kinder. Die Schürzen waren ziemlich dunkel, wohl deshalb, um nicht so oft waschen zu müssen. Heute trägt kein Mensch mehr so dunkle Schürzen, erst recht keine

Meine Heimat in Appolding. Im Hintergrund der Mittlere Isarkanal (ca. 1950)

Kleiderschürzen. Vor Lichtmeß kamen dann die Näherinnen noch einmal, um die ausbedungenen Sachen zu nähen für Knechte und Mägde. Das Bauernjahr war an Lichtmeß zu Ende. So wurden Hemden, Schürzen und blaue "Schaba" (Schürzen für die Männer) genäht. Dann kam noch der Schuster und machte sich in der Stube breit, um die Pantoffeln und Arbeitsschuhe zu machen, damit jedes "sei Sach" bekam. Am besten war es, wenn die Näherinnen da waren. Für die wurde extra gekocht. Da gab's dann statt der Teigknödel gute Semmelknödel, das beste Fleisch und mindestens zwei Salate, damit man ja nicht "ausgerichtet" (üble Nachrede) wurde. Ich weiß auch noch den Sattler, der die Pferde- und Ochsengeschirre reparierte oder einen neuen "Kammat" (Pferdegeschirr) für die Pferde machte. Auch der ging im Winter in die Stube zu seiner Arbeit. Wenn dann alles fertig war, dann schmierte er mit seiner schwarzen "Wichs" (Lederfett), wie man sagte, alle neuen und geflickten Pferde- und Ochsengeschirre ein, daß sie herrlich glänzten. Diese Handwerker auf dem Hof, das war für uns eine schöne Abwechslung.

Der Kanalbuckel

Wie Ihr wißt, ist der Hof, wo ich aufwuchs, ganz in der Nähe des Mittleren Isarkanals. Der Kanal ist nicht in die Erde gebaut, sondern sehr hoch, und der Damm gibt keinen Blick nach Langenpreising frei. Heute ist dieser Damm mit Bäumen und Sträuchern bewachsen, und Vögel, Hasen und Rehe nisten und leben darin. In meiner Jugend wurde der "Kanalbuckel", wie alle sagten, im Jahr zweimal ganz sauber gemäht. Diese Arbeit machte der "Gratzen Lenz" mit seiner Familie.

Die Gratzen-Familie, das waren ganz fleißige Leute. Sie hatten drei oder vier Kühe, aber fast keinen Grund, um sie zu füttern. Also mähten sie alle Straßengräben und den bewußten "Kanalbuckel". Vielleicht hatten sie noch ein paar kleine Flecken in Pacht. Der Kanaldamm wurde von ihnen mindestens einen Kilometer weit gemäht. Ich wurde oft durch das Mähen des Buckels aus dem Schlaf geweckt. Gemäht wurde mit der Sense, der Lenz voraus. Oft half ihm ein Bruder und dann seine Kinder. Sobald ein Bub die Sense tragen konnte, dann war er dabei, um im Rhythmus mit den Großen zu arbeiten. Es war noch finster, nur der Mond leuchtete den fleißigen Mähern. Ab vier Uhr früh ging das so, denn wenn der Tau auf dem Gras liegt, geht es besser. Um acht Uhr früh mußten die Kinder dann in die Schule. Am Nachmittag rechten sie das Gras herunter, und wenn es trockenes Heu war, dann kam der Wagen, und zwei Kühe fuhren alles heim. So wie die Kinder am Morgen nach drei oder vier Stunden Arbeit zur Schule gingen, so ging der Lenz am Morgen zu seiner Arbeitsstelle. Im Herbst trieben die Gratzens die Kühe zum Weiden, die Kinder gingen barfuß, bis der Boden gefroren war, und sobald sie laufen konnten, waren sie dabei, die Kühe zu hüten. Sowas gibt es heute nicht mehr. Aus den Kindern sind gute, fleißige Menschen geworden. Wenn die heute an die Jugend denken, dann nimmt in ihren Erinnerungen der Kanalbuckel wohl auch einen großen Platz ein.

Kühe hüten

Im Herbst mußte ich auch immer Kühe hüten. Das waren oft schöne Nachmittage, wenn die Wiese noch Gras zu bieten hatte, das Herbstwetter schön war und die Tiere brav grasten. Ich hatte eine Tasche mit guten Äpfeln, einen Geißelstecken und –

die Hauptsache – ein Buch zum Lesen. Am liebsten einen Roman von Hedwig Courths-Mahler, die so schöne Liebesromane schreiben konnte. Ach war das wunderbar, und man konnte träumen – und auch oft weinen. Wenn aber die Kühe störrisch wurden, weil vielleicht die Bremsen (Fliegen) sehr bös waren, dann hieß es immer rennen, damit die Kühe nicht zum Nachbarn liefen.

An den Sonntagen mußten auch die Kühe gehütet werden, das war natürlich nicht gut. Wir hatten ein paar eingezäunte Weiden, die sparte ich mir dann immer für den Kirta auf, denn da kamen ja die Kirtagäste, und es gab die Hutschn (Schaukel) in der Stadel-Unterfahrt. Da tat es weh, zum Hüten raus zu müssen. Ich ging damals in die siebte oder achte Klasse.

Mit dem Lesen hatte ich es schon immer. Was im Haus an Lesbarem zu finden war, das gehörte mir, angefangen von der Heiligenlegende, dem Bauern-kalender, dem Altöttinger Liebfrauenboten, und was sonst noch zu finden war, das wurde von mir gelesen. Es gab auch die Pfarrbücherei, wo ich mir oft Bücher ausgeliehen hatte.

In meiner Jugend gab es keine Aufklärung über die Funktion des menschlichen Körpers, weder in

der Schule noch daheim. Was heute zu viel und zu
früh geschieht, das war in meiner Jugend an Aufklärung einfach null. Es gab manche, die mit 16 und
17 Jahren glaubten, von einem Busserl bekämen sie
ein Kind. So was konnte mir nicht passieren. Im
Haus bei uns gab's ein Doktorbuch, so hab ich's genannt, da war ein aufklappbarer Mensch drin und
dazu alles gut beschrieben. Also, ich wußte, ein Kuß
führt nicht zu einem Kind. Wenigstens etwas, was
man gefahrlos machen konnte, und schmusen war
ja auch sehr schön. Vater sagte immer: "Wennst mir
mit einem Kind kommst, dann kenn ich Dich nicht
mehr." Das war rauh und eine gute Aufklärung. So
war es überall. Im ganzen Haus Fensterstangen. An
allen Schlafkammern waren Vierkant-Eisenstan-
gen angebracht, aber nicht nur eine, nein: zwei Ei-
stenstangen – da ging ja kaum das Poussieren. Man
sieht: Die Mägde wurden ganz kurz gehalten, was
die Streicheleinheiten betraf.

Die Zeit, die ich hier beschreibe, ist jetzt gut 50
Jahre her, was hat sich seither alles verändert. Bei
keinem Bauern gibt's mehr Eisenstangen, und kein
Bursch muß mehr zum Kammerfensterln gehen, so
was gibt's nur mehr im Bauerntheater.

Die Währungsreform

Ich kann mich gut erinnern, als 1948 die Währungsreform war. Da konnte man vorher noch seine Rechnungen bezahlen, die angefallen waren. Also mußte ich zum Schmied, zum Tierarzt und so weiter. Man kann sich denken, was ich da für eine Freude brachte, mit Geld, das dann am Sonntag nichts mehr wert war. An diesem Sonntag, dem 20. Juni 1948 – es regnete in Strömen – mußte man in der Gemeindekanzlei das neue Geld abholen, pro Kopf 40 Mark. Für kurze Zeit waren alle Leute gleich. In wenigen Tagen waren die Schaufenster voller Waren. Es gab so kleine Chiffontücher, das war neu, das Stück kostete zwölf Mark. Nach dem Krieg wurde auch wieder geheiratet, und es war auch wieder Tanz. Während vor dem Krieg jede Hochzeit an einem Dienstag oder auch Donnerstag abgehalten wurde, waren Hochzeiten jetzt samstags. Das wandelte sich alles, weil die Leute nicht mehr ausschließlich in der Landwirtschaft arbeiteten. Auch Bälle oder Tänze waren jetzt samstags und nicht mehr wie früher am Sonntag. Wenn ich mich recht erinnere, so sahen die Pfarrer es nicht gerne, wenn samstags Tanz war, denn dann wollte mancher sonntags ausschlafen und Kirche Kirche sein lassen.

Ich weiß noch gut, wenn Mutter zur Hochzeit geladen war, dann spannte Vater ein Pferd vor die Kutsche und fuhr Mutter dorthin. Diese Kutsche war aus schwarzem Leder. Das Verdeck konnte man zurückklappen, und die Sitzbank war mit Samt gepolstert. Als wir dann ein Auto hatten, wurde die Kutsche nicht mehr gebraucht. Unter all den Ackergeräten und Mistwagen im Schuppen hinter dem Haus rostete sie vor sich hin. Hin und wieder fand man ein Nest mit Eiern darin, wo eine stolze Henne für ihr Produkt einen angemessenen Rahmen gesucht hatte.

Mit 18 oder 19 Jahren, wenn ich tanzen war, und es war so elf oder halb zwölf Uhr, dann standen einige Väter hinten bei der Treppe – meiner war auch darunter – und warteten, bis der Tanz zu Ende war. Dann hieß es mit Vater heimgehen. So war das, und keiner hat aufbegehrt. Tanz war ja nicht oft, das war in der Faschingszeit ein paarmal. Aber an den drei Faschingstagen, wo es ja überall am tollsten zuging, da war in Wartenberg nichts los. An diesen Tagen war in Wartenberg das vierzigstündige Gebet. Es waren ein paar Pater da, die predigten, und die Kirche war immer voll. Da die Wirte durch den Wegfall der Faschingsveranstaltungen einen Verdienstausfall hatten, wurden sie an Fronleichnam dafür entschädigt. Am Fronleichnamssonntag wurde die Prozession am Nachmittag abgehalten. Da kamen nun die Menschen von nah und fern – viele sagten, das sei die Bierprozession. Der Schlußsegen war auf dem Marktplatz. Ich kann mich an eine Prozession erinnern, ich war da ein Schulkind, wo der ganze Marktplatz voller Menschen war, und als alle "Großer Gott, wir loben dich" sangen, war das schon erhebend. Nach der Feier wurden dann die Wirtshäuser gestürmt. Stuben und Biergärten waren im Nu voll. Nun gab's Bratwürste, Bier und Limo. Das war so ein Tag, wo die ganze Familie ins Wirtshaus ging und nicht nur die Männer allein.

Das Pferderennen an Pfingsten

Was noch eine lange Tradition in Wartenberg hatte, das war das Pferderennen am Pfingstmontag. Zu Pfingsten gab's dann ein neues Kleid für den Tanz im Reitersaal. Auf den Pfingstmontag freuten wir uns sehr, denn da waren viele Menschen auch aus der weiteren Umgebung, die sonst nie nach War-

tenberg kamen. Und vor allem gab es das sprich-
wörtlich schöne Wetter. Nur einmal weiß ich, da
regnete es in Strömen, das war an jenem Pfingstmontag, als in dem kleinen Kino beim Furterwirt
der Film "Die Sünderin" mit Hildegard Knef lief.
Der Pfarrer hatte vorher schon vor diesem Film ge-
warnt, aber trozdem wurde er ins Programm genommen. Das Resultat war ein solcher Regen, daß
nicht einmal das Rennen stattfinden konnte. Alle äl-
teren Leute waren sich einig, daß es eine Sünde war,
diesen verruchten Film zu zeigen. Nun, wir Jungen
konnten am Abend trotzdem zum Tanzen gehen.
Mit etwa 60 Jahren habe ich den Film im Fernsehen gesehen und weiß nicht, warum um den soviel
Wirbel gemacht wurde. Auch ich sehe heute alles
ein wenig anders als vor 50 Jahren. Was heute im

Das Pfingstrennen in Wartenberg, um 1963/64

65

Fernsehen läuft und Kinder sich schon ansehen können, wenn sie ganz allein daheim sind, das ist um vieles schlimmer. Die Eltern müssen oft beide arbeiten, um Miete und alles bezahlen zu können oder mit dem Wohlstand, den der Nachbar zeigt, Schritt halten zu können; um den Kindern die gerade in Mode gekommenen Markenkleider und das neueste Spielzeug bieten zu können.

Dabei ist es aus meiner Lebenserfahrung gesehen gar nicht so wichtig, ob man seinem Kind alles Materielle bieten kann. Wichtig ist, daß man alles tut, um es spüren zu lassen, daß man es gern hat und daß das Kind wichtig ist für den Vater und die Mutter. Ich hab immer versucht, Euch das nahezubringen. Ob es mir immer gelungen ist, weiß ich nicht. Das Urteil müßt Ihr abgeben.

Endspurt

Der Advent

Zu meiner Kindheitserinnerung gehört auch das Weihnachtsfest. Doch vorher ist ja der Advent. Und mit dem Advent begannen auch die Engelämter. Da Wartenberg außer dem Pfarrer auch einen Kooperator hatte, waren jeden Tag im Advent zwei Engelämter. Das erste war um halb sieben Uhr früh, das zweite nach sieben Uhr. Wir Kinder gingen immer in das erste, da war der Weg zur Kirche noch stockdunkel. In der Kirche hatten die Leute Wachsstöcke dabei, die angezündet wurden. Eine Heizung in der Kirche, so wie heute, gab es nicht. Es war oft sehr kalt. Wir alle, das heißt: wir Schukinder, hatten den Ehrgeiz, wenn möglich jedes Engelamt zu besuchen. Nach dem Engelamt war es ja auch erst so dämmrig, da durften wir schon ins Schulhaus, um uns am Kachelofen zu wärmen. Das Feuer im Ofen zeichnete helle Flecken an die Zimmerdecke, denn die Ofenringe der Herdplatte waren nicht so dicht. Das war so heimelig und schön. Am Nikolaustag war das Amt auf dem Wartenberger Nikolaiberg in der Kapelle. Das war ein steiler und dunkler Weg, den wir schon in aller Früh, oft bei Schnee oder Glatteis, zurücklegten. Das alles gehörte zum

Advent, und aus der Sicht von heute muß ich sagen: Schön war's!

Weihnachten

Am Heiligen Abend waren wir Kinder, die Eltern und die Ehalten in der Stube. Der Christbaum hatte Platz auf der Nähmaschine, es waren silberfarbene Kugeln, Lametta und kleine rote Äpfel sowie weiße Kerzen darauf. Es war kein protziger Baum und für uns Kinder doch wunderschön. An Weihnachten hatte es fast immer Schnee, und es war meist sehr kalt. Mutter hatte von den Mägden ein paar Schüsseln Buttergebäck machen lassen, das taten die ja sehr gern. Dieses Gebäck mit Punsch und etlichen Nüssen gab es am Heiligen Abend vor dem Gang zur Mette. Bevor wir in die Stube durften, ging Vater noch vors Haus und tat mit einem alten Stutzen "das Christkind anschießen". Woher dieser Brauch kam, weiß ich nicht. Wir Kinder bekamen etwas Spielzeug, eine Puppe und einige Kleinigkeiten. Viele Jahre weiß ich an Weihnachten auch ein weißes Schaukelpferd, einen Schimmel mit einem schönen Schwanz aus Flachs. Die Knechte und Mägde kriegten Hemden und Schürzen, und Mutter bekam jedes Jahr von Vater ein Paar Hausschuhe, kamelhaarfarben und kariert waren sie. Das freute Mutter sehr, denn sie hatte immer kalte Füße und kalte Hände. Wenn Mutter von der Kirche kam – sie ging meist den Fußweg entlang der Strogen –, dann hat sie oft geweint, so sehr hat sie gefroren.

Im Krieg gab es ja nichts zu kaufen, so hab ich mal als Weihnachtsgeschenk für Mutter einen "Muff" gemacht. Das ist eine Rolle aus Pelz, in die man die Hände hineinsteckt, daß man nicht friert. Von einem Mantel war ein langes Stück Krimnerpelz im Haus, das nahm ich, dazu Futterstoff, und in der Apotheke kaufte ich Watte. Dieser "Muff" ist mir nicht schlecht gelungen, und Mutter hat ihn im Winter einige Jahre genommen. Am Heiligen Abend war vor dem Krieg um Mitternacht die Christmette. Alle außer uns Kindern und einem Erwachsenen gingen zur Mette. Wenn die dann um halb zwei Uhr früh heimkamen, dann gab's die Mettenwürste. Das waren Blut- und Leberwürste, Brotsuppe, vielleicht auch Sauerkraut. Das schmeckte dann allen. Meistens waren die Leute durchgefrohren und hungrig, denn man war zu Fuß unterwegs gewesen. Die Stube war schön warm, dafür sorgte der Mettenstock. Das war ein großes Baumstück, sehr klobig, den man nicht so klein bekam beim Holzhacken, weil er sehr verwurzelt war. Da hieß es dann im Sommer schon "Das ist ein guter Mettenstock, der läßt das Feuer im Kachelofen nicht ausgehen."

Auch als Hitler an der Macht war, feierte man Christi Geburt, also das Weihnachtsfest. Es wurde während des Krieges dann im Radio immer zu den Soldaten geschaltet. Das hieß dann so: "Wir rufen unsere Soldaten in Narvik und grüßen sie. Wir rufen Tobruk in Afrika, wir grüßen nach Rumänien, an die Atlantikküste, auf alle Weltmeere, wo deutsche Soldaten in den U-Booten sich befinden und nach Rußland, zu den Helden in Stalingrad." Dann spielten sie das Lied "Stille Nacht, Heilige Nacht". Ich hab immer so weinen müssen, wenngleich keiner aus der Familie direkt da draußen stand. Zu Hitlers Zeiten hat man aber auch immer öfter an das germanische Julfest, die Wintersonnenwende, erinnert. Das sollte wohl irgendwann einmal das christliche Fest ersetzen. Darum wurde auch immer öfter das Lied im Radio gespielt, dessen erste Strophe ich noch weiß:

Hohe Nacht der klaren Sterne,
die wie weite Brücken stehn.
Über einer tiefen Ferne
drüber unsre Herzen gehn.

Während des Krieges war die Mette immer um fünf Uhr abends, überall war es dunkel, denn die Häuser mußten alle verdunkelt sein wegen der Flieger. Als der Krieg immer länger dauerte und man schon merkte, daß es rückwärts ging, mußten einige Glocken vom Turm herunter. Es war Februar oder März, das Jahr weiß ich nicht mehr. Ein schöner Wintertag war's, viele Leute sahen zu. Auch ich war dabei. Das Abseilen der Glocken war gar nicht so leicht, denn der Glockenturm ist ja hoch. Viele Frauen weinten. Aus den Glocken wurde Munition für den Krieg gemacht. Nach dem Krieg wurde wieder gesammelt, und mit großen Opfern wurde wieder ein neues Geläut gekauft. Das war ein Freudentag für die ganze Pfarrei, als die Glocke auf dem Turm war.

An Silvester war immer Vaters Stiefbruder bei uns. Er war unverheiratet und war in München bei einer Firma beschäftigt. Ich weiß, er brachte uns Kindern immer Schokolade mit und den Erwachsenen Wein und Schnaps. Wer von den Knechten und Mägden an Silvester nicht wegging, der feierte daheim ins neue Jahr hinein, bei Wein und Schnaps. Am Neujahrstag war ihnen meist sehr schlecht.

Winterfreuden

Eine der Winterfreuden von uns Kindern war, wie auch heute, das Schlittenfahren. Wir hatten einen ziemlich großen Schlitten, aber so gern tat ich das gar nicht. Wir waren nicht so gut angezogen. Keine lange Hose, sondern nur Röcke, statt der warmen Strumpfhosen nur Strümpfe, so daß überall der Schnee hinkam. Da fror man ganz erbärmlich, und lange Hosen anziehen, das wäre ja ganz unanständig gewesen. Ich muß direkt lachen, demnach bin ich heute sehr unanständig, denn ich trage oft und gerne Hosen.

Neben unserem Misthaufen war die offene Odelgrube. Wenn die schön zugefroren war, dann konnte man so schön auf dem Eis rutschen. Wir sagten "schlifferzen". Das ging ja mit den Schuhen allein und war auch ein Vergnügen. Mein Bruder lernte auf dieser Odelgrube das Schlittschuhlaufen. Wir

Mädchen hatten keine Schlittschuhe. Es hieß: Da brecht Ihr euch nur die Füße mit den Schlittschuhen. Wenn ich's heute so recht bedenke, dann war das zur damaligen Zeit nicht die Angst um unsere Beine, sondern die Anschaffung der Schlittschuhe. Mit den Skiern war es dasselbe. Alois hatte auch Ski, und auf den Hügeln um Wartenberg konnte er ganz gut fahren. Ich bin also ganz unsportlich aufgewachsen, aber, mein Gott: Ich hab's überlebt.

Eines sieht man aber, es wurde zur damaligen Zeit schon ein Unterschied gemacht zwischen Buben und Mädchen. Ein Sohn hatte schon einen anderen Stellenwert als ein Mädchen.

Sonntagsfreuden

Nach dem Krieg, als ich so 18 oder 19 war, hab ich fast jeden Sonntag mit meinen Cousinen in Thenn verbracht. In dem Dorf Thenn hatte ich zwei Tanten. Tante Kathie beim Weindl, wo Mutter daheim war. Und, beim Selmer, wo Tante Hanni, Mutters Schwester und meine Taufpatin, verheiratet war. Meine Cousine Regine ging mit mir zur Schule.

An manchen Sonntagen fuhren wir zur Nachmittagsvorstellung ins Kino nach Moosburg. Damals hatte Wartenberg noch kein Kino. Nun, ein richtiges Kino hatte Wartenberg nie. Im ersten Stock des Gasthauses beim Furter Wirt war das Kino eingerichtet. Uns aber machte es nichts aus, mit dem Fahrrad nach Moosburg und wieder zurück zu fahren, dann die Arbeit im Stall, und der Sonntag war wieder um. Wir alle empfanden das als nichts besonderes. Es war ja überall dasselbe. Eure Generation kann das wohl nicht mehr verstehen und denkt, das könne man gar nicht leisten: jeden Tag nur Arbeit, ohne Urlaub im Jahr und an den Sonntagen auch nur ein paar Stunden Zeit für sich selber. Ich kann mich an den Film "Prag, die goldene Stadt" mit Sonja Ziemann erinnern. Da mußte man Glück haben, um in die Nachmittagsvorstellung zu kommen, soviel Menschen wollten da rein, denn Fernsehen gab es ja noch nicht. Bei soviel Bewegung tagaus, tagein, waren wir alle rank und schlank, ohne die Diäten, die heute gemacht werden müssen.

Am meisten war ich beim Weindl, bei Resi und Kathie, den beiden Cousinen. Im Sommer gingen wir dann fast immer zum Stauweiher (Thenner See), wo damals schon viel los war mit Badegästen.

Wir schauten zu, trafen Leute und verbrachten so die Sonntage. Mit dem Fahrrad fuhr ich hin und um halb sechs Uhr mußte man zur Stallarbeit wieder daheim sein. Kathie hatte schwimmen gelernt, und so viel ich weiß, hat sie den Stauweiher oft durchschwommen. Ich habe Schwimmen nicht gelernt. Ich denke ein Kindheitserlebnis war daran schuld. Damals war ich so elf oder zwölf Jahre alt, als unser Knecht, Huber Franz hat er geheißen, nach einem schweren Arbeitstag bei der Heuernte in der Strogen ertrunken ist. Nach dem Abendessen ging er in der Strogen zum Baden. Mein Bruder und ich standen auf der Brücke und sahen ihm zu, als er unter der Brücke durchschwamm. Anscheinend kam er in einen Strudel, denn er drehte sich immer rundherum und ging unter. Die halbe Nacht wurde nach ihm gesucht. Erst am nächsten Tag lag er im seichten Wasser, als mein Vater nach der schlaflosen Nacht im Morgengrauen nach ihm schaute.

Winterarbeit

In meiner Kindheit und Jugend waren die Winter kalt und schneereich. Es hat oft gestürmt, daß man – wie man sagt – keinen Hund hinaus jagt. An solchen Tagen hatten die Mägde auch mit Arbeiten im Haus zu tun. Da wurde geflickt und geputzt, genau wie die Knechte, die Besen gebunden haben und einfach in Stall und Scheune reparierten, was im Laufe des Sommers kaputt gegangen war.

Im Winter war auch die Windmühle auf dem Getreideboden oft in Betrieb. Hier wurde das Saatgetreide geputzt, das heißt, von noch vorhandenen Unkrautsamen gereinigt. Wir Kinder mußten Vater meist helfen und die Windmühle drehen. Durch den Wind, der da erzeugt wurde, fielen der Unkrautsamen und das Getreide auseinander. Ich kann mich noch an den Kleesamen erinnern, der da geputzt wurde. Wir hatten immer Rotklee. Heute sieht man das gar nicht mehr. Der wurde nicht gemäht, sondern stehengelassen, bis er verblüht war. Wenn er so richtig dürr war, wurde er heimgefahren, dann gedroschen und, wie gesagt, so oft durch die Windmühle gedreht, bis der Samen schön sauber war. Ich weiß einmal, daß da viele Landwirte kamen und Vater Kleesamen abkauften. Der Kleesamen sah so ähnlich aus wie Radisamen (=Rettichsamen).

An den Wintertagen brachte Vater auch sein Büro in Ordnung. Das heißt, Vater brachte eine Schublade in die Stube, voll mit Schreibereien. Er musterte das dann aus. Manches kam in den Papierkorb, anderes wurde sortiert, und Vater hatte wieder den Durchblick. Er sagte dann: "Wer schreibt, der bleibt". So hatte auch das andere Sprichwort keine Gültigkeit, das besagte: "Je dümmer der Bauer, je größer die Kartoffeln." Am schönsten aber war es, wenn Vater uns nebenbei so etwas wie Unterricht in Heimatkunde gab. Er erzählte von Wartenberg und Langenpreising. Über den Eingriff, den der Bau des Mittleren Isarkanals für die Dörfer brachte, die vielen Arbeiter, die hierher kamen aus allen Himmelsrichtungen und viel Geld in den Gasthäusern ließen.

Heimatkunde-Unterricht

Im Jahr 1923 wurde mit dem Bau des Mittleren Isarkanals begonnen. Damit dieses Projekt verwirklicht werden konnte, waren viele und auch lange Vorarbeiten nötig. Die Grundstücke mußten von der Gesellschaft erworben werden, was wahrscheinlich nicht so leicht war. Durch die Arrondierung (Flurbereinigung), die durchgeführt wurde, entstanden neue Wege und für die Landwirte aus vielen kleinen Flächen größere Grundstücke, was

damals, wie auch heute, nicht so reibungslos vor
sich geht. Denn jeder glaubt, sein Grund sei besser
als der, den er bekommt. Der Kanal ist 54 Kilometer lang und reicht von Oberföhring über Finsing,
Moosinning, Eitting bis nach Pfrombach. Entlang
des Kanals sind fünf Kraftwerke gebaut worden,
welche jährlich 470 Millionen Kilowattstunden
Strom liefern und somit den Bedarf einer Kleinstadt
decken. Das war in unserer Gegend wohl der erste
Schritt ins Industriezeitalter.

Heute, nach 60 Jahren, wenn ich das Büro daheim in Appolding mit Vaters Schubladenbüro vergleiche, dann kann man erst ermessen, was sich da
alles getan hat. Das Büro ist ausgestattet wie jedes
Büro mit Telefon, vielen Ordnern und einem PC.
Jeder Landwirt hat eine gediegene Ausbildung und
ist Meister oder Agrar-Techniker und muß neben
dem Wissen auch Freude an der vielseitigen und
vielen Arbeit mitbringen, sonst geht nichts.

Wie ich mir von Bauern habe sagen lassen, nimmt
heute die Büroarbeit einen großen Teil der freien
Zeit ein. Das heißt, der Sonntag und viele Stunden
am Abend müssen geopfert werden, um all die Anträge auszufüllen, die nötig sind, um die Aus-
gleichszahlungen zu erhalten, die wegen der nied-

rigen landwirtschaftlichen Preise vom Staat gegeben werden, um die Existenz der Bauern zu sichern. Wenn heute, im Jahr 1997, 100 Kilo Weizen 20 Mark kosten und im Vergleich dazu 1984, also dreizehn Jahre vorher, dieselbe Menge 50 Mark kostete, dann wird klar, warum ein Landwirt all die Anträge ausfüllen und alle Vorschriften und Termine einhalten muß, damit er zu Geld kommt. Ein Städter aber, der all das nicht weiß, schimpft auf die Subventionen, die gegeben werden.

Krank – damals und heute

Während ich hier meine Erinnerungen zu Papier bringe, sind Radio, Fernsehen und die Zeitungen voll von Diskussionen über den Umbau der Sozialversicherungsleistungen, zum Beispiel der Krankenversicherung, die Bismarck vor über hundert Jahren eingeführt hat. Seit damals mußten die Arbeiter kranken- und rentenversichert sein. Das war gut so. Es war aber kein Gesetz, das einen Bauern verpflichtete, sich selbst und seine Familie zu versichern. Also waren die meist nicht versichert. Wenn ich so zurückdenke, was hatten wir Kinder oft Zahnweh und geschwollene Backen. Da wurde dann gewärmt, und wenn's gar nicht mehr ging, dann mußte halt der Zahn raus, das machte dann der Zahnarzt oder der Bader, wie man sagte. Oder es wurde so lange am Zahn hin und hergedreht, bis er heraußen war. So ein Kind brauchte nicht oft den Arzt. Für eine Erkältung gab's Tee und Schweinefettwickel, für Ohrenschmerzen ein paar Tropfen reines Butterschmalz, das mit einem Löffel ins schmerzende Ohr gegeben wurde. Durch das Barfußlaufen den ganzen Sommer hatten wir Kinder oft Wunden an den Füßen. Wir hatten mit Glasscherben, rostigen Nägeln und was sonst so auf den Kiesstraßen rum lag, Bekanntschaft gemacht. Diese Wunden schmerzten und eiterten. Da gab es dann Fußbäder mit Kernseife und Kamillenbäder. So wurden wir kuriert. Wenn es schwerwiegendere Sachen waren, dann ging man halt zum Arzt und war dann Privatpatient. So wie heute, wo man mit einem Baby oder Kleinkind zur Vorsorgeuntersuchung muß und ein Kind oftmals im Jahr den Arzt sieht, das gab es zu meiner Zeit nicht. Wir mußten lernen, nicht so wehleidig zu sein. Wer hätte auch das alles bezahlen sollen bei drei, vier oder fünf Kindern, die in den meisten Familien waren?

Die Kinder wurden nicht im Krankenhaus geboren, wie heute, sondern daheim. Bei Komplikationen war das dann schon schwierig. Wo sollte ein Arzt schnell herkommen? Es gab nicht die Sanitätsautos wie heute. Der Arzt mußte meist geholt werden mit Pferd und Wägelchen oder einer Kutsche, so weiß ich es von Vater. Als die Autos erfunden wurden, da waren es wohl die Ärzte, die sich als erste so ein Benzinroß zulegten. Das war auch gut so für Arzt und Patient. Es kam oft vor, daß eine Frau bei der Geburt starb und Mann und mehrere Kinder zurücklassen mußte. Die Kinder waren die am meisten Bedauerten von den Verwandten und Bekannten. Für den Mann aber gab's ein Sprichwort, das hieß: "Weibersterben bringt kein Verderben, aber das Roßverrecken, das kann einen erschrecken". Wenn man das so liest, dann möchte man frieren ob der Kälte und Gefühllosigkeit, die aus diesem Satz scheinbar sprechen.

Ja, Gefühle waren zur damaligen Zeit nicht sehr gefragt. Die wenigsten konnten sich Gefühle leisten. So ein Pferd stellte einen großen Wert dar. Ging das ein, und man mußte eines kaufen, weil es zur Arbeit gebraucht wurde, so tat das schon finanziell weh. Oder man wollte es verkaufen und überschlug in Gedanken schon, was man dafür alles bezahlen konnte und welche notwendigen Anschaffungen man machen konnte, so war der Verlust eines Pferdes auch eine kleine Katastrophe. So gesehen, spiegelt das Sprichwort nur die Not der damaligen Zeit wider, eine Zeit ohne soziale Absicherung, getragen aber von dem Willen, das ererbte kleine oder auch größere Sach unter den größten Opfern zu erhalten oder mit etwas Glück und vielen Entbehrungen vielleicht um ein paar Tagwerk Grund zu vergrößern.

Der erste Teil des Sprichwortes "Weibersterben bringt kein Verderben" sollte bedeuten, wenn wieder eine Frau ins Haus kam, dann brachte die ja allerhand mit: neue Möbel, Wäsche und Geld, halt eine Aussteuer. Wer im heiratsfähigen Alter verpaßt hatte, sich den richtigen Partner zu suchen, der hatte immer noch Gelegenheit, es mit einem Witwer zu versuchen. Es gab ja damals nur Landwirtschaft.

Keine der Bauerntöchter oder Söhne konnte einen Beruf erlernen. Aber wenn der Hof groß genug war, hatten alle Arbeit daheim. War das nicht der Fall und das Anwesen klein, so verdingten sich die Nachgeborenen bei den größeren Höfen und hofften, durch Heirat zu einem Anwesen oder Hof zu kommen. Einige wenige konnten ein Handwerk, und wer von den Mädchen die Bauernarbeit nicht machen wollte, ging dann in einen städtischen Haushalt arbeiten. Da hieß es dann, die ist in die Stadt in „Stellung" gegangen. So eine Tochter aus einem größeren Hof war wohlgelitten daheim bis eingeheiratet wurde. Aber dann sollte sie schon einen Platz haben, um auch Bäuerin sein zu können. War das noch nicht der Fall, so strengten sich alle an, einen passenden Hof zu finden. Wollte das Mädel aber nicht recht, weil ihr halt der Bursch nicht gefiel, dann gab's den Spruch "Wenn auch der Heiling (einfältiger Mensch) nichts ist, Hauptsache die Kapelle (Hof) ist was." Mit der Heirat des Hoferben war man ja nicht mehr die Tochter, sondern im Laufe der Jahre wurde man das "Hauskreuz", wie die Leute so sagten, wenn eine unverheiratete Schwester am Hof war.

So wurde meist ein "Schmuser" beauftragt, sich in der engeren oder weiteren Umgebung umzusehen nach einem passenden Mann und Hof. Ein Schmuser, das war ein Mann, der meist auch Viehhändler war und ein weites Gebiet – es hieß ein weites "Gäu" – kannte. Er kannte alle Höfe, Familien, den Viehbestand und wußte über die finanziellen Verhältnisse Bescheid. Sicher hatte so ein Mann

Gespür, wer zu wem paßt. Und wenn es gelang, eine gute Ehe zu stiften, dann war das für ihn auch ein gutes Gefühl. Es gelang ja nicht immer, daß so eine zusammengekuppelte Ehe gutging. Wenn es auch nicht so paßte, die beiden blieben ein Paar ihr Leben lang, denn Scheidung war besonders auf dem Land ein Fremdwort. Man war religiös erzogen, und die Kirche kennt keine Scheidung. So raufte man sich zusammen, oft im wahrsten Sinn des Wortes. Im Laufe der Jahre lernte man sich besser kennen und schätzte vielleicht die Arbeit und oft Sparsamkeit des anderen, so daß Sympathie und ein Gefühl der Zusammengehörigkeit entstand, daß das Leben, wenn auch keine Höhen, so doch auch keine Tiefen mehr hatte.

Nicht jede hatte aber eine Heirat um jeden Preis im Sinn. Manche hatte auch den Spruch, den meine Tante oft sagte, im Kopf: "Ledig gestorben ist auch nicht verdorben". Man lebte daheim in der Familie des Bruders als gute und zuverlässige Kraft und dann später, wenn Kinder kamen, als gute Tante. Menschen dieser Art lebten für den Hof und kamen meist über die Grenzen des Dorfes oder der nahen Kreisstadt kaum hinaus. Wenn in der Familie Harmonie herrschte, dann hatten sie auch ein erfülltes Leben.

Bis in die fünfziger oder sechziger Jahre hatten auch die Klöster regen Zuspruch. Ich weiß mehrere, die ich gut kannte, die den Weg ins Kloster gingen. Die Familien waren religiös, und da lag es nahe, wenn nicht in der eigenen Familie, so doch in der Klosterfamilie zu leben. Viele Klöster hatten Landwirtschaft, so daß sich von der Arbeit her gar nichts änderte. Auch in Küche, Wäschekammer, Haus und Garten waren diese Frauen eine gute Kraft. Manches Mädchen, das in ganz jungen Jahren den Entschluß faßte, ins Kloster zu gehen, dabei eine gute Schülerin war, konnte den höheren Schulabschluß machen und als Lehrerin an den klösterlichen Schulen arbeiten. Die Klöster förderten die Begabungen auch im musischen Bereich, so daß die vielen Talente, die in einem Menschen oft stecken, sich bei einer guten Oberin, die das erkannte, voll entfalten konnten. Klöster und Museen geben davon heute noch Zeugnis.

Das Studium von Dorfbuben

So wie heute, wo bei guten Noten, ob Bub oder Mädchen, wenn nicht schon die Eltern, so doch der

Lehrer eine weiterführende Schule empfiehlt, so war's damals nicht. Für ein Mädchen kam das auf dem Land ja überhaupt nicht in Frage. Bei einem Buben war das anders. Der Besuch eines Gymnasiums wurde empfohlen mit dem Ziel, Pfarrer zu werden oder, wenn das nicht in Frage kam, dann Lehrer. Andere Berufe waren nicht denkbar, außer es war der Vater Arzt oder ähnliches. Bei so einem Buben, der mit zehn Jahren aufs Gymnasium kam, der also zum "Studieren" das Dorf verließ, da war es eine in der Familie und der Verwandtschaft beschlossene Sache, daß der Priester, also Pfarrer, würde. Ich denke, es war für einen Heranwachsenden eine schwere Hypothek, wenn er vielleicht spürte, daß er die Erwartungen der Familie nicht erfüllen konnte. So einer ward oft Jahre nicht mehr daheim gesehen, zu groß war die Enttäuschung für die Familie, die oft von der Verwandtschaft Geld erhalten hatte für das Studium. So manche Oma oder Tante hatte ja beitragen wollen, daß aus dem Studenten ein Pfarrer wurde, und man hoffte auf diese Weise, sich eine Stufe auf der Himmelsleiter zu erkaufen.

Ich habe hier beschrieben, wie die nachgeborenen Söhne und Töchter der Bauernfamilien, die nicht heirateten, ihr Leben gestalteten, meistens ein Leben auf dem Hof oder im Kloster.

Ich hatte auch zwei Tanten, Vaters Schwestern, Tante Marie und Tante Babette, die gingen einen anderen Weg. Es war Anfang der dreißiger Jahre, als in Wartenberg am Marktplatz ein Haus mit einem großen Garten, dazu noch eine große Scheune, verkauft wurde. Die Besitzer waren ohne Kinder, und die Erben verkauften es. Ein Geschäftsmann aus Wartenberg machte Vater darauf aufmerksam, daß das für die beiden Schwestern mit dem kleinen Schose was wäre. Dieser Kauf ging dann schnell über die Bühne. Vater dachte, daß auf Dauer es nicht gut gehen würde, wir vier Kinder und das Kind der Schwester sowie seine beiden Schwestern – alle unter einem Dach.

Es gehört zu meinen ganz frühen Erinnerungen, wie die beiden das Haus verließen. Als alles Inventar schon in ihrer neuen Heimat war, räumte Tante Marie in eine Tasche Bilder, Gebetbüchlein und andere persönliche Sachen ein. Sie stand in der Stube am Schrank, dem "Krüglkasten", das war der Wohnzimmerschrank, wie man heute sagt. Heute denke ich, die beiden mit dem kleinen Kind wußten nicht, auf was sie sich da einließen. Draußen fegte ein Sturm, und der Regen klatschte ans Fenster. Es war, wie es mir heute vorkommt, ein Zeichen für ihr weiteres Leben.

Sie hatten nun ein eigenes Heim mit einem großen Garten. Wie alle Töchter eines Bauern bekamen sie auch eine Kuh mit, als sie wegzogen. Ein großer Garten mit vielen Johannisbeersträuchern und eine Grasfläche war vorhanden, dazu noch so eine Art Stadel für Geräte und die Kuh. So viel ich weiß, haben aber beide das mit der Kuh nicht lange betrieben. Der Aufwand im Vergleich zum Nutzen stand in keinem Verhältnis. Nach Jahren wurde dann der Stadel abgebrochen und hat einem Blumen und Gemüsegarten Platz gemacht. Die beiden Tanten haben im Sommer die vielen Beeren geerntet und verkauft, auch die Obstbäume hatten oft eine reiche Ernte So gab es Arbeit genug, aber die Einnahmen waren gering. Je älter ich geworden bin und aus eigener Erfahrung weiß, was es heißt, Kinder allein zu erziehen und Haus und Hof in Ordnung zu halten, desto mehr Achtung habe ich vor den beiden Tanten.

Man muß sich vorstellen, auf einmal auf sich allein gestellt zu sein, ohne Beruf, ohne Versicherung für das Alter. Aber sie haben es fertiggebracht, alles zu erhalten, ohne einen Meter Grund zu verkaufen. Babette, die eine Tante, kümmterte sich um den Haushalt, sie wusch und putzte sich die Finger wund und war dabei eine stille Person, die nicht viel redete. Ihr Stolz waren ihre langen Haare in einem dunklen Kupferton. Hin und wieder sah ich die Tante, wenn sie sich die Haare kämmte. Als Kind dachte ich dann, sie könnte sich einhüllen wie in einen Mantel. Tante Marie hatte auch schöne lange, braune Haare, aber das Kämmen der Haare war keine solche Zeremonie wie bei Babette.

Die beiden hatten nun für sich zu sorgen. Die Räume in dem großen Haus brauchten sie nicht alle, also vermieteten sie einige. Als Schulkind weiß ich einen Polizisten, der mit Frau und vier oder fünf Kindern eine sehr schöne Wohnung bei ihnen hatte. Auch einige alleinstehende Frauen fanden ein Dach über dem Kopf bei ihnen. Wartenberg war vor dem Krieg ein gern besuchter Ort für bekannte und unbekannte Maler. Die Umgebung des Ortes, das hügelige Holzhausen und Auerbach oder die Ebene gegen Westen waren Motive, die gesucht waren. Ich kann mich noch gut an einen Maler erinnern, der auf unserer Wiese auf so einem zusammenklappbaren Stuhl saß, die Staffelei vor sich, dazu die Farben und gegen die Sonne, so wie ich dachte, einen größeren Regenschirm. Er malte unsere Kühe und im Hintergrund die Nikolaikirche.

An so einen Kunstmaler, wie man sagte, hatten die beiden auch ein Zimmer vermietet. Wie ich das heute beurteilen kann, konnte der kaum von seiner Kunst leben und das Zimmer bezahlen. Die beiden Tanten hatten selber nicht viel, trotzdem ließen sie ihn wohnen und nahmen statt Geld mal wieder ein Bild von ihm.

Am besten aber erinnere ich mich an den "Kurba" (Korbinian) wie er hieß. Der alleinstehende Mann hatte durch einen Arbeitsunfall oder den Krieg 1914/18 ein Bein verloren. Er trug eine Prothese, aber keine solche, wie die Menschen sie heute tragen, wo man es kaum merkt, daß sie ein Bein verloren haben. Nein, der Kurba hatte einen Stelzfuß, da war das Gehen nicht leicht. Dieser Mann war wohl Maurer, denn oft hat er bei uns dies oder jenes geweißelt. Heute würde man sagen, er habe umgeschult und lernte das Bürstenbinden. Diese seine Erzeugnisse hat er dann aufs Rad gepackt und verkauft. Wenn ich mir diese Erlebnisse durch den Kopf gehen lasse und mit der heutigen Zeit vergleiche, dann ist das, als ob mehr als hundert Jahre dazwischen lägen. Mit seinen paar Mark Rente konnte er nicht leben, so mußte er sehen, wie er sich selbst versorgte. So wie der Kurba damals gelebt hat, lebt heute weit und breit kein Mensch mehr. So kann man auch nicht leben. Sein ganzes Unheil war, daß er nur noch ein Bein hatte, dabei war die soziale Absicherung fast Null. Die beiden Tanten mit ihrem guten Herzen haben ihm wenigstens ein Dach über dem Kopf gegeben, für ein paar Pfennige.

Heute wird ja auch wieder gepredigt, daß der Mensch mehr Eigenverantwortung tragen müßte, aber das Rad nur wieder etwas zurückzudrehen ist sehr schwer; und so soll's auch nie mehr werden.

Tante Marie fing dann an, die Kirche zu putzen. Sie tat das mehr als 15 Jahre. Der Lohn dafür war mehr Gotteslohn als Geld. Neben dem Haus meiner Tanten war die Post untergebracht. Zur damaligen Zeit gab es nirgends Telefon. War etwas eilig, so schickte man ein Telegramm. Mit der Zeit wurde Marie die Frau, die die Telegramme austrug. Für eine Mark oder mehr ging es bei Regen und Sturm bis nach Berglern. Manchmal gab's noch etwas Trinkgeld dazu oder einen Kaffee. Die Marie war damit zufrieden. Lange Zeit ging die Tante Marie auch ins Sanatorium zum Putzen und Waschen. Sie war dabei wenigstens krankenversichert. So hat sich das Leben der beiden grundlegend geändert. Am Anfang waren sie noch die Töchter des "Oberbauern", dann aber wurden sie die Gotz Marie und Babette. Der Name Gotz war der Vorbesitzer des Hauses. Wenn jemand bei uns krank war, so kam die Marie bei Wind und Wetter, brachte gute Ratschläge und vor allem Zeit mit, um sich die Wehwehchen anzuhören. Ich hatte einmal Nierenentzündung. Der Arzt war da und verordnete salzlose Kost. Die Dreschmaschine surrte im Hof und alle hatten die Hände voll Arbeit. Da kam die Tante Marie, machte die passende leichte Kost und hatte Zeit und tröstete mich. Die Marie war eine selbstlose, naive und einfache Frau mit einem grundgütigen Herzen. Sie wurde über 90 Jahre alt. Ich denke, der Herrgott, an den sie so geglaubt hat, hat ihr sicher alles gelohnt.

Das erste Auto

Die Zeiten wurden besser, Maschinen und Autos beherrschten die Straßen. Vater hatte einen VW Käfer gekauft, und Alois hatte den Führerschein gemacht. Als Vater mal vom Stammtisch kam, sagte er zu mir: "Ich hab dich angemeldet zur Fahrschule". Das kam so: Damals, man schrieb das Jahr 1954, waren die Lehrgänge meist in den Nebenzimmern der Gasthäuser. Vater meinte: "In der heutigen Zeit muß ein Dirndl schon den Schein machen, um ein Auto fahren zu können". Ich war ganz überrascht, denn ich hab auch nicht den Traktor gefahren. Das machte meine jüngere Schwester Regina. Also fuhr mich mein Bruder an dem bewußten Abend zum "Mooshofer". Außer der Aufnahme der Personalien und der Erklärung einiger Zeichen war noch nichts los. Alois holte mich wieder ab. Als wir aus dem Auto stiegen, sagte mein Bruder: "Ich an deiner Stelle würde den Führerschein nicht machen. Mit einem Fuß bist du im Krankenhaus und mit dem anderen im Gefängnis." Mit allen Mitteln wollte mein Bruder wohl verhindern, daß da außer ihm noch jemand den VW fahren könne. Ich hatte eine unruhige Nacht vor mir und am Morgen stand fest: Diesem Unheil mußte ich entgehen. Mit Engelszungen redete ich auf meine Schwester ein, statt meiner den Führerschein zu machen, was ich auch schaffte. Regina machte den Führerschein und hat ihn auch gleich bestanden. Der Schein mußte allerdings noch ein paar Wochen in Verwahrung der

Fahrschule bleiben, denn sie war noch nicht 18 Jahre alt.

Fürs erste hatte ich das "Unheil" also abgewendet. Als meine Freundschaft mit Hans aber intensiver wurde, und wir beschlossen, unser Leben gemeinsam zu verbringen, da stand der Führerschein wieder zur Debatte. Ich hatte die Wahl zwischen einem neuen Fahrrad oder dem Führerschein. Ich entschied mich für den Führerschein, denn wenn ich an den Bruckberg dachte, der zwischen Niederstraubing und Wartenberg liegt, dann war die Wahl nicht so schwer. Vater hatte es nicht mehr erlebt, daß ich ein Auto fahren konnte. Er wurde das unschuldige Opfer eines Verkehrsunfalls. Noch heute bewundere ich die Weitsicht meines Vaters, der zur damaligen Zeit, als noch selten eine Frau den Schein machte, diese Entwicklung vorausgesehen hat.

Wenn ich heute an meinen Vater denke, dann weiß ich, daß er uns als Kinder immer wieder sagte: "Grüßt die Erwachsenen, nehmt keinen Pfennig, der Euch nicht gehört, denn Stehlen ist das Schlimmste." Das waren die Sachen, die meinem Vater wichtig erschienen. Für die Religion war Mutter zuständig. Ich glaube, beide haben ihre Sache gut gemacht.

Mein Leben in Niederstraubing

Als ich Hans drei Jahre kannte, beschlossen wir zu heiraten. Auf Hochzeiten und Tanzveranstaltungen hatte ich Hans kennengelernt. Er war Handwerker und stammte aus Niederstraubing. Wo das Dorf war, wußte ich anfangs nicht, so wie heute, wo man mit dem Auto in einer Stunde ein paar Landkreise abfahren kann, war es damals noch nicht. Hans konnte gut reden, was ja fürs Geschäft von Vorteil war, und er konnte gut schreiben, was für mich gut war. Hans war ein liebenswerter Mensch, den ich schätzen und lieben lernte und den ich bis heute nicht vergessen habe.

Als Hans elf Jahre alt war, starb bei der Geburt eines kleinen Mädchens

Hans, wie ich ihn kennenlernte

Hans an der Tankstelle

seine Mutter. Das Kind wurde auf den Namen Mathilde getauft, starb aber auch und wurde der Mutter im Sarg in den Arm gelegt und mit ihr begraben. Euer Großvater, der "Schmied z'Straubing", stand nun mit sechs Kindern, die Größeren im Schulalter, allein da.

In der Zeit nach dem Tod der Mutter kam oft Tante Lies ins Haus, um sich um die Kinder und das

Hauswesen zu kümmern. Tante Lies ist Euch ja noch in guter Erinnerung. Nach dem Trauerjahr hat der Vater von Hans dann wieder geheiratet. Eure Oma, Therese Reintinger, war nahe Altfraunhofen daheim. Aus dieser Ehe stammt Eure Tante Liesi, die in Buch am Erlbach in die Schreinerei Baumgartner eingeheiratet hat.

Tante Betty und Tante Uschi leben heute in Amerika und haben uns schon oft besucht. Deren Kinder waren auch zu Besuch und Onkel Harold, Bettys Mann, ist schon öfter hier gewesen – auch allein, ohne Familie, weil er so gerne mit dem Zug fährt und weil es ihm in Deutschland und Frankreich, wo er als Soldat war, so gefällt. Er spricht nicht viel deutsch und sagt meist "Guten Morgen, was ist los?" Aber wir haben uns auch so gut verstanden. Resi, eine weitere Schwester von Hans, hatte nach Heimhausen geheiratet und ist genau ein Jahr vor Hans gestorben. Sein Bruder Lorenz kam nicht mehr aus dem Krieg heim und liegt in Rußland. Dann gab's noch den kleinen Alfred, der mit vier Jahren an Gehirnhautentzündung starb.

So sind die Lebenswege der Kinder in alle Richtungen gegangen.

Nach Lehrzeit und Arbeitsjahren in Buch und

Reichenkirchen ist Hans heimgekommen und hat
das elterliche Schmiedeanwesen übernommen.
Hans hatte ein Haus gebaut, die kleine Landwirtschaft aufgegeben und aus dem Stadel eine Halle
für Maschinen gemacht, um Raum für das Geschäft
zu bekommen. Im Hof wurde eine kleine Tankstelle eingerichtet, und in der Schmiede wurden außer
dem Beschlagen von Pferden auch Maschinen re-
pariert.

Die Pferde wurden immer weniger, denn zur Arbeit gab's ja jetzt die Bulldogs oder Traktoren. Auch
wurden kaum mehr Heu- oder Mistwägen gebraucht, wo der Schmied an den Rädern eiserne Reifen anbringen mußte. Jetzt gab's Anhänger mit
Gummirädern. Hans hatte die Meisterprüfung als
Landmaschinenmechaniker gemacht, das war am
28. Februar 1953. Diese Berufsbezeichnung gab's
noch nicht lange, und wie mir Hans erzählte, wußten die Prüfer selbst nicht recht, was alles zu diesem Berufsbild gehörte.

Hans war nun Meister und voll Arbeitseifer. Sein
Vater, der ein guter Schmied war, lebte noch, ist
dann aber eines plötzlichen Todes im Dezember
1957 gestorben. Im Mai 1958 haben wir ganz still
geheiratet. Der Schulfreund von Hans, der spätere

Caritasdirektor Ertl, hat uns getraut. Nun kam ich nach Niederstraubing, in diesen kleinen und liebenswerten Ort.

Zu dieser Zeit hatte Niederstraubing zwei Gastwirte, eine Metzgerei, zwei Lebensmittelgeschäfte, das war der Schreiner und die Veron. Außerdem gab's noch den Bäcker. Ich weiß noch, daß die Bäckin manchmal in der Früh schon Brezn und Semmeln vorbeibrachte. Dann hatte das Dorf noch eine Poststelle, und, wie die Leute erzählten, nach

Vor dem Blattenberger-Wirt: Werner Wottke, der oft bei uns „aushalf" als Kavalier mit Frau Wilhelm und Frau Walz, den alten Niederstraubingerinnen.

dem Krieg für mehrere Jahre auch einen Arzt – und keinen schlechten, wie man sagte. Hier im oberen Dorf dann den Schmied und um den Schmied herum, nach den Hausnamen der Nachbarn, den Wagner, den Binder und den Sattler. Ich denke, das kommt nicht von ungefähr, daß diese alle Nachbarn waren. Der Binder machte Fässer, der Wagner die Räder und alle brauchten den Schmied, der die Reifen aufziehen mußte. Ein Dorf, das einfach gewachsen war.

In der Mitte des Dorfes ist die Filialkirche mit dem Friedhof. Es heißt, ein Teil der Kirche ist noch ein Überbleibsel der Schloßkapelle. Das Schloß ist abgebrannt und gehörte zuletzt einer Familie von Rauscher. Die Grabplatten derer von Rauscher sind an der Südseite der Kirche angebracht. In Versform ist der Lebens- und Leidensweg der Familie dargestellt, die ausgestorben ist. Ich habe das schon oft gelesen, und es berührt mich immer wieder, denn es stellt dar, daß Kreuz und Leid nirgends Halt machen. Heute hat Niederstraubing außer dem Wirt mit der Metzgerei nichts mehr an Geschäften. Auf unserem Hof und in der Werkstätte ist seit dem Tod von Hans die Baywa als Pächter. Vor zwei Jahren, 1997, wurden das schon 30 Jahre. In der Schreine-

Beim Blattenberger in geselliger Runde

rei finden mehr als zehn Menschen Arbeit, alle anderen müssen auswärts arbeiten. Die meisten fahren nach München oder zum neuen und alten Flughafen.

Das Gasthaus Stadler, beim "Blattenberger", ist abgebrochen worden und hat einem Privathaus Platz gemacht. Doch der Lorenz, der Sohn des alten Blattenberger Wirts, bei dem Ihr schon gerne auf dem Bulldog mitgefahren seid, hat auch für Matthias eine immer größere Anziehungskraft. Es wiederholt sich halt alles im Leben.

Die alten Herren, die an einem Tisch zusammen mehrere hundert Jahre zählten, sind gestorben, es sind nur ein paar Bilder geblieben.

In den fünfziger und sechziger Jahren hatte der Ort noch kleine Landwirte, genauso wie in der ganzen Umgebung. Heute haben fast alle aufgegeben. So wie in anderen Dörfern, wo große und kleine Bauern gemischt sind, war es in Niederstraubing nie. Hier gab es mehr kleine Landwirte und Häuser ohne Landwirtschaft. Hans sagte, das hänge damit zusammen, daß all die Leute früher im Schloß beschäftigt waren, und rund ums Schloß auf einem kleinen Grundstück ihre Häuser bauten.

In den 60er Jahren blühte unser Geschäft auf. Hans war ein guter und ehrlicher Geschäftsmann. Die kleinen Landwirte betrieben ihre Landwirt-

Bulldog vor der Werkstatt

Der alte Wirt Andreas Brenninger

schaft im Nebenerwerb und gingen meist im Hauptberuf einer Arbeit nach. Um sich die Arbeit in der Landwirtschaft zu erleichtern, deckten sie sich mit Traktoren und den Geräten ein, die man daran anhängen konnte, also Pflüge, Sämaschinen, und Kreiselheuer. Einmal hat Hans vier oder fünf Schlüter Bulldogs verkauft, die dann miteinander im Werk abgeholt wurden. Das hat uns sehr gefreut.

Die landwirtschaftlichen Maschinen wurden immer mehr, Mähdrescher, Heumaschinen, große Pflüge und kleinere Maschinen. Das Angebot war groß und die Nachfrage auch, das Geschäft ging gut. Hans arbeitete den ganzen Tag in der Werkstatt, und am Abend ging er fort, um Maschinen zu verkaufen. Wir hatten nicht viel Zeit, unser junges Verheiratetsein zu genießen, aber wir dachten, später, wenn das Geschäft läuft, dann wird's besser. Ja, später, es gab nicht viel später. Mit dem Verkauf der Maschinen ging der Umsatz in die Höhe, und wir wurden buchführungspflichtig. Ich machte einen Kurs und habe dann die Buchführung erledigt. Die Arbeit machte mir Freude. Wenn Hans abends weg war, dann saß ich am Schreibtisch, machte Büroarbeiten, ordnete Rechnungen, und wenn Hans zurückkam, dann gab es genug Gesprächsstoff. Wir zogen beide an einem Strick, und es war schön zu sehen, wie es dem Geschäft gut tat.

Vor unserem Haus an der Straße war das Milchbankerl. Jeden Tag wurde hierher die Milch der umliegenden Landwirte gebracht. Der Heimer brachte mit dem Wagen die Milch von Krumbach und Schröding. Die Wagner Hanni und Binder Resi kamen mit dem Wagerl und ihren Kannen drauf. Oft kamen sie zu mir in die Küche, um bei Regen oder kaltem Winterwetter gleich zu warten, bis das Milchauto kam und die Kannen leerte. Es gab einen kleinen Ratsch, man erzählte sich die Neuigkeiten. Und so erfuhr jeder, wer ins Krankenhaus gekommen war, wer gestorben war in der nahen

Umgebung oder wo ein freudiges Ereignis bevorstand. Heute ist auch auf dem Dorf alles anonymer. Es ist schon vorgekommen, daß die Kirchenglocken zur Beisetzung eines Dorfbewohners läuteten und erst ein paar Telefonate geführt werden mußten, um zu erfahren wer gestorben war. Ja, die Dörfer haben sich gewandelt. Die Gemeinschaft

Niederstraubings Jugend am Milchbankerl

hat schon gelitten, finde ich. Jedes Haus hat einen oder zwei Fernseher, das hält die Menschen in den Häusern. Mit dem Auto ist man schnell in der nächsten Stadt oder einem Dorf. Was die Freizeitgestaltung der Jugend betrifft, ist diese Mobilität einem Dorfleben ja auch nicht förderlich. Der Schützenverein, Fußballverein oder Theaterverein ist oft das einzige, das die Jugend nach der Schulzeit zusammenhält.

Das Milchbankerl

Das Milchbankerl war an den Sonntagen auch der Treffpunkt für die heranwachsenden Burschen, die sich dort alle trafen und dann losfuhren, um ihre Freizeit zu gestalten. Diese Jugendlichen von damals sind heute alle Väter von Kindern, die nicht mehr mit dem Fahrrad am Milchbankerl stehen müssen, um ins nächste Dorf zu fahren. Die Zeiten haben sich geändert. Heute macht man mit 18 den Führerschein, und dann ist das erste Auto nicht mehr weit. Das Milchbankerl gibt's auch nicht mehr. Man braucht es auch nicht mehr, denn im ganzen Dorf gibt's keine Kuh mehr. Unser Dorf ist ein Dorf ohne Bauern. Nur der Wirt betreibt noch die Landwirtschaft. Die Landwirte, die in der Werkstätte ihre Maschinen reparieren lassen, kommen alle aus den umliegenden Dörfern. Wer hätte sich das in den sechziger Jahren träumen lassen?

Zur Getreideernte war Hochbetrieb mit den Mähdreschern. Heute hat die Getreideernte nicht mehr die Bedeutung von früher. Heute ist die Maisernte eine fast größere Arbeitsspitze. Die Maishäcksler rattern oft die halbe Nacht. Das meiste wird ja siliert. Ein kleiner Teil wird als Körnermais stehengelassen und später gedroschen.

Der Bründlgang

Wenn sich im Ort auch viel geändert hat, eines ist bis heute geblieben: "Der Bründlgang". Es geht an Deuting vorbei zum Wald. Dort steht das kleine Kirchlein. Nebenan sprudelt eine kleine Quelle. Dieses Brünnlein hat dem Ort den Namen gegeben. Nach dem Krieg haben sich die, die heimgekommen sind, zusammengetan und mit der Fahne des Veteranenvereins voran ist seither jedes Jahr im Mai der Bründlgang. Mit diesem Bittgang will man danken für die Heimkehr, bitten, daß der Frieden erhalten bleibe und derer gedenken, die irgendwo in fremder Erde gefallen sind. Neben dem Kirchlein ist für diese Gefallenen ein symbolisches Grab errichtet worden. Im Juli 1987 ist von unbekannten Tätern in dem Kirchlein Feuer gelegt worden. Heute ist es wieder schön hergerichtet. Den ganzen Sommer ist die Türe an den Sonntagen offen, um zur Muttergottes im Bründl gehen und rasten zu können. Einige Familien aus Hofstarring schmücken das Marienbild und kümmern sich um das Öffnen und am Abend wieder Schließen des Kirchleins.

Das kurze Glück

In unserem privaten Leben schien uns das Glück auch hold zu sein. Wir hatten eine große Werkstatt gebaut, ein Geselle und ein paar Lehrlinge arbeiteten mit Hans in derselben. In diesen Jahren ging es stets aufwärts. 1960 wurde Hans geboren, genannt nach seinem Vater, 1964 Christine. Man glaubt, bei zwei Kindern wird eines von ihnen das Geschaffene weiterführen können. Doch der Mensch denkt. Es kam das Jahr 1967, ich hab's Euch schon oft erzählt. Nach vielen Arztbesuchen und Untersuchungen dann nach der dritten Operation die Diagnose, die jeder fürchtet und die so oft gestellt wird: "Magenkrebs". Alle Tage bin ich nach München ins Krankenhaus gefahren. An dem Tag, als man mir sagte, was Hans fehlt, weiß ich heut noch nicht, wie ich heim gekommen bin. Was ich in diesen Wochen geweint, gehofft und gebetet habe, ich kann's Euch nicht sagen. Oft dachte ich, es könnte die Sonne nicht mehr scheinen. Aber immer wieder ging die

Sonne auf, und irgendwo kommt auch die Kraft her, das zu tragen.

Am 14. Juli 1967 kam Hans heim vom Münchner Krankenhaus, und am 1. Oktober 1967 ist er daheim in meinen Armen gestorben. Es gibt Momente im Leben, die vergißt man nie. Ich weiß heute noch im Krankenhaus die Stelle, als Hans wohl ahnte, wie schwer seine Krankheit sei. Da sagte er: "Ich bitte dich, schau auf die Kinder." Glaubt mir, ich hab's keinen Augenblick vergessen.

Nun bin ich schon über 70 Jahre alt. In einem Psalm habe ich mal gelesen

*Das Leben eines Menschen währet 70
und, wenn es hoch kommt, 80 Jahre,
und wenn es köstlich war,
dann war es Müh und Arbeit.*

Was Müh und Arbeit betrifft, da war es schon köstlich. Wenn ich zurückdenke, wie Ihr beide am Anfang den Vater vermißt habt, so daß Christine mit ihren drei Jahren ihre Not in Worte faßte und sagte: "Wann kriegen wir wieder einen Papa?" Mit der Zeit aber verblaßte das Bild des Vaters, und wenn man nichts erzählen würde, dann hätte es wohl nie einen Vater gegeben.

In vielen Familien wachsen Kinder ohne Vater auf, wenn sie Glück haben, dann lebt oft noch ein Großvater, der mit der Zeit die Stelle des Vaters einnimmt, der ihnen alles zeigen und erklären kann, was sonst ein Vater tut. Dieses Glück hattet Ihr auch nicht.

In unserem Haus aber gab's noch die Oma, an der Ihr beide sehr gehangen habt, und umgekehrt war's genau so. Zwischen Oma und mir gab's die gleichen Generationsprobleme wie fast überall zwischen Schwiegermutter und Schwiegertochter. Aber das Bindeglied sind die Kinder, über die gibt es immer wieder Verständigung. Es ist ja eigenartig, Kinder lieben von Herzen ihre Großeltern, und wer das unterbinden will, versündigt sich an beiden, denn die Sonne und Wärme der alten Tage sind die Kinder. Oma ist über 90 Jahre alt geworden und in unser aller Anwesenheit in unserem Haus gestorben.

In all den Jahren gab's auch schöne Momente, Euer Bemühen, Weihnachten und Muttertag mit Gedichten und kleinen Geschenken für mich und Oma schön zu gestalten. Dann die Schulzeit, die

Freude über die guten Noten, das gute Abitur von Hans, das waren Lichtblicke in meinem Leben. Dazwischen gab's auch lange Diskussionen über Probleme, die Euch bewegten, besonders als die Bundeswehr zur Debatte stand, da wäre ein Vater oft so nötig gewesen. Zur damaligen Zeit war ja ein Wehrdienstverweigerer ein Drückeberger, heute ist es anders. So ändern sich die Zeiten. Vor einiger Zeit, als mir eine Belobigung in die Hände fiel, die Hans von seinem Kompanieführer für umsichtiges Handeln im Dienst bekam, mußte ich daran denken.

Die Sattler Marie:
ein Niederstraubinger Original

,Die Marie, wie sie leibt und lebt

In unserem Dorf sind Originale wie die Sattler Marie ausgestorben. Sie konnte so viel erzählen, wie es in ihrer Jugend war. Eine Stunde mit der Marie, wenn die erzählte, das war schöner als ein Abend in einem Kabarett. In ihre Jugend fiel die Zeit, als die Fahrräder das Dorf eroberten, als man 20 Kilometer fahren mußte, um einen Film zu sehen. Mit Eurer Tante Lies hat sie fast alles gemeinsam gemacht. Für Dorfbewohner war es ungewohnt, mit so einer Einrichtung wie dem Kino zurecht zu kommen. Die Klappstühle im Kino kannten beide nicht, als sie in den finsteren Raum kamen. Beide plagten sich und gingen immer in die Knie, als die hinter ihnen schimpften, weil sie sich nicht setzen wollten. Es ging so lange, bis ihnen jemand die Technik der Klappstühle erklärte.

Zu dieser Zeit wußte man genau, wer von einem Dorf kam. Das kann man heute nicht mehr unterscheiden. Es ist auch gut so. Die Bildungschancen sind gleich. Die Schulbusse bringen die Kinder zu allen Schulen, die sie ihren Fähigkeiten entsprechend besuchen können, denn die Kinder auf dem Land sind ja nicht weniger intelligent als die in den Städten.

Dabei hatte die Marie auch kein leichtes Leben,

aber einen guten Humor, der ihr half, auch die Schattenseiten des Lebens zu ertragen. Denn die Marie hatte ja noch den Peter, ihr Sorgenkind. Peter war ein gutmütiger Mensch, der, wenn er heute jung wäre, eine Sonderschule besuchen und dann wahrscheinlich Arbeit in einer beschützenden Werkstätte finden würde. Zu Hitlers Zeiten aber galten andere Gesetze. Hitler wollte eine Jugend "flink wie Windhunde, hart wie Kruppstahl und zäh wie Leder". Leute, die dem Ideal nicht entsprachen, hatten es zur damaligen Zeit nicht leicht, das "tausendjährige Reich" zu überstehen. Peters Mutter erzählte mir einmal, daß sie so froh gewesen sei, daß der Lehrer der Volksschule ihren Peter einfach in der Klasse ließ, denn er wäre ja verpflichtet gewesen, so einen Schüler zu melden. Wer so etwas meldete, der wußte ja, wohin die Straße ging. Peter gehörte zum Dorf und lebte seine Träume. Er ging, wenn Tanz war, zum Wirt, und kein Mädel schlug dem Peter den Wunsch ab, mit ihm zu tanzen. Denn er war ja der Peter und voll im Ort integriert, bis zu seinem Tod.

Seit Jahren liegt auch Tante Lies auf dem Friedhof. Ihre Heimat, das Schmiedanwesen in Niederstraubing mit den Kindern ihrer Schwester, hat sie ihr Leben lang nicht vergessen. Als diese Kinder längst erwachsen waren, hat sie in allen Lebenslagen sich mit gefreut oder auch mitgelitten.

Als Hans so krank war, ist sie so oft gekommen, und ich denke, es war für sie so schlimm, das ansehen zu müssen, wie wenn es eines ihrer Kinder gewesen wäre. Diese Liebe hat sie trotz ihrer großen Familie auch auf Euch übertragen und nie einen Geburtstag oder ein anderes Fest vergessen.

Was heute anders ist

Was es früher auf dem Land oft gab und heute nicht mehr gibt, das waren die "Kostkinder", wie sie hießen. Es waren Pflegekinder, die in vielen Familien Aufnahme gefunden hatten. Diese mütterlichen Frauen nahmen zu ihren eigenen Kindern noch ein oder zwei Pflegekinder, die mit ihren Kindern aufwuchsen – und genauso brav oder unausstehlich waren, einfach zur Familie gehörten.

Es war nicht nur das Geld, das man in diesen Zeiten gut gebrauchen konnte. Denn mit Geld kann man das nicht bezahlen, was eine gute Pflegemutter an schlaflosen Nächten und einfach an Erziehung zu leisten hatte.

In unserem Dorf gab es immer "Kostkinder", die letzten kannte ich noch persönlich: die Gerti, die Irmi, den Maxi... Aus allen sind tüchtige Menschen geworden, die heute alle Familien haben. Vielleicht wären sie ohne ihre Kindheit und Jugend in unserem Dorf nicht das geworden, was sie heute sind. Sie lernten in den Familien soziales Verhalten, Tei-

Unser Postbote, der Fendl Schorsch

len und Rücksichtnahme – Eigenschaften, ohne die man im Leben nicht zurechtkommt. Heute gibt es keine "Kostkinder" mehr in unserem Ort. Vielleicht sind es die starren Bestimmungen des Jugendamtes, an denen so ein Antrag scheitern kann, weil et-

wa die Größe des Zimmers nicht den vorgeschrie-
benen Quadratmeterzahlen entspricht. Andererseits
stehen fast alle jungen Frauen im Beruf. Es ist halt
eine andere Zeit. Doch vergessen soll man das alles nicht.

Was in unserem Dorf, genau wie in vielen anderen, auch der Vergangenheit angehört, das ist die ei-
gene Postzustellung. Die Poststelle wurde aufge-
löst, und der Fendl Schorsch ging in Pension. Der
Schorsch kam immer mit dem Fahrrad und im Winter zu Fuß mit der Post. Das war eine schöne Abwechslung, und manche Neuigkeit erfuhr man auch

*Früher wäre ein Mann, der einen Kinderwagen
schiebt, als "Lapp" ausgelacht worden*

116

von ihm, denn der Schorsch redete gern ein paar Worte.

Heute kommt die Post mit dem Auto, und der Postbote hat ein größeres Gebiet zu versorgen, dazu täglich die Post in Taufkirchen zu holen.

In der großen weiten Welt ist auch vieles passiert. Kriege und Naturkatastrophen haben die Erde heimgesucht. 1969, genau am neunten Geburtstag von Hans, hat der erste Mensch den Mond betreten. Was der menschliche Geist alles zustande bringt! Die Generationen vor uns hätten das nie für möglich gehalten.

Aber es gab auch Tschernobyl. Vor diesem Ereignis bin ich oft im Morgengrauen, wenn mich ein Problem nicht schlafen ließ, in den Garten gegangen – es war wunderschön, im taunassen Gras zu gehen – und hernach ging´s mir wieder besser. Seit dem Atomunfall hab ich's nicht mehr getan.

So hat alles seine zwei Seiten. Aller Fortschritt bringt auch Gefahren.

In meiner Jugend, der "guten alten Zeit", war körperliche Arbeit gefragt und den Menschen wurde sehr viel abverlangt, Arbeit oft bis zur Erschöpfung. Heute, in der "guten neuen Zeit", ist vieles leichter. Die Maschinen übernehmen die schwere

Arbeit in einem Bruchteil der Zeit, die früher dafür nötig war. Die Arbeit mit den hochtechnischen Maschinen und Computern streßt die Menschen jedoch genauso oder noch mehr.

Da ist es schön, wenn man junge Familien sieht, wo der Vater den Kinderwagen schiebt, denn das gab's in meiner Jugend auch nicht. Ein Mann, der das tat, wurde allgemein als "Lapp" (ein gutmütiger Trottel) bezeichnet.

Was Matthias und Mona in der Schule in Geschichte lernen werden, das habe ich – und einen Teil davon auch Ihr – erlebt: nach dem Krieg die Teilung Deutschlands in zwei Staaten, den Bau der Mauer am 13. August 1961 und 1989 den Fall der Mauer, wodurch aus Ost- und Westdeutschland wieder ein Land wurde. An der Mauer starben über all die Jahre 961 Menschen, die von Osten nach Westen flüchten wollten. Ganz in unserer Nähe ging 1992 im Mai der Flughafen in Betrieb, an den wir bei Westwind alle Augenblicke erinnert werden. Andererseits haben auch viele Menschen dort Arbeit gefunden.

So gingen die Jahre dahin...

Wenn Hans, Christine mit ihrer Familie und ich, wenn wir alle an einem Tisch sitzen, dann ist das für mich immer ein bißchen wie Weihnachten, also sehr schön. Matthias und Mona, meine Enkelkinder, bringen Leben und Frohsinn ins Haus und ich bete, daß es den beiden gegönnt ist, mit Vater und Mutter ins Leben hineinzuwachsen.

Seit der Heirat von Christine lebt wieder ein Hans bei uns, der mit Umsicht und Fleiß das tut, was zu tun ist. So kann ich mit 70 Jahren eigentlich ganz zufrieden sein, was Euch betrifft. Ein jedes von euch hat seinen Platz im Leben gefunden, dafür bin ich von Herzen dankbar.

Ich selbst wünsche nur, daß noch etliche gesunde Jahre vor mir liegen, denn die langen Wochen in den Münchner Krankenhäusern vor 15 und vor zehn Jahren haben mich gelehrt, daß Gesundheit das höchste Gut ist. Und wenn die Knochen und Gelenke schmerzen, bringt mir das Heilwasser in Bad Füssing Linderung. Ich bin sehr froh, wenn ich dorthin fahren kann, denn größere Reisen, von denen ich früher träumte, will ich gar nicht mehr machen. So wird man immer bescheidener. Aber es ist ja schon ein großes Glück, die Enkel aufwachsen zu sehen. Hans erlebte nicht mal die Kindheit und Jugend von Euch beiden.

Wenn ich am Morgen die Zeitung am Kaffeetisch habe und ich mit Interesse alles aus der nahen und weiten Welt lesen kann, dann bin ich zufrieden, und Zufriedenheit ist ja auch eine Form von Glück.

Alt fühle ich mich wirklich noch nicht. In einer Zeitung las ich einmal:

Alt machen nicht die langen Jahre,
Alt machen nicht die grauen Haare,
Alt ist man nicht, weil nichts mehr passiert,
Alt ist man nur, wenn man sich für nichts mehr interessiert.

Für Kinder und Enkel hab ich das aufgeschrieben, so wie ich es erlebt und gesehen habe, damit in dieser schnellebigen Zeit nicht ganz verlorengeht, wie es früher war.

Man sieht aber: Die gute alte Zeit war gar nicht so gut, so wie die jetzige Zeit nicht so schlecht ist, wie sie oft gemacht wird. Und in fünfzig Jahren wird die heutige Zeit auch wieder die gute alte Zeit sein.

Generationenwechsel

Sedlmaier- und Messerer-Bilder

Kindheit in den Sechzigern: Christine und Hans

Hans Messerers 40.

Mutter und Sohn

Die kleine Mechanikerin

*Das offizielle Familien-
foto zu meinem
70. Geburtstag*

*Kindheit in den Neunzigern:
Mona und Matthias*

Die Orte meines Lebens

Meine Heimat Appolding (Heilig Geist)

Der Rocklfinger Altar (Rocklfing ist ein Ortsteil von Wartenberg

Vor dem Bauernhof meiner Heimat steht mitten auf der Wiese ein großes Kreuz. Das Kreuz zeigt an, daß auf diesem Platz eine Kirche, die Heilig-Geist-Kirche, gestanden hat. Diese Kirche gab den zwei Bauernhöfen statt des amtlichen Namens "Appolding" den Namen "Heilig Geist" im landläufigen Sinn. Die Friedhofskirche von Wartenberg, das ist die ehemalige Pfarrkirche von Wartenberg "St. Georg", beherbergt seit 1864 den so wertvollen Altar, der zuvor in der Appoldinger Heilig-Geist-Kirche gestanden war. Der Altar gehört zu den schönsten Zeugnissen spätgotischer Altarbaukunst. Gottvater hält den gekreuzigten Sohn in seinen Händen und darüber schwebt als Taube der Heilige Geist. Im Relief ist die Gottesmutter im Kreise der Apostel zu sehen, die in Form von Feuerzungen den Heiligen Geist empfangen. Das Werk wird der Zeit um 1510 zugeordnet. Man verbindet mit ihm Namen wie Tilmann-Riemenschneider, Hans Backofen und Hans Leinberger. Wer den Altar wirklich geschaffen hat, darüber streiten die Gelehrten.

Von meinem Vater weiß ich, daß, als die Kirche in Appolding abgebrochen wurde, der Altar beim Unterbauern auf dem Dachboden untergestellt wurde. Wäre der so wertvolle Altar beim Oberbauern gelagert worden, dann wäre das Kunstwerk bei einem Brand, dem der ganze Hof zum Opfer fiel, ein Raub der Flammen geworden.

Zur Geschichte des Hofes selbst weiß ich nicht allzu viel. Besitzer des Hofes war eine Familie

Mayr. Der Hoferbe heiratete eine Bauerntochter mit Namen Barbara Lechner. Im Jahr 1886 starb dieser Bauer im Alter von 32 Jahren und hinterließ seine junge Frau und zwei kleine Kinder. Ungefähr zur selben Zeit starb in Simmering (Pfarrei Schröding) nach nur einem Jahr Ehe bei der Geburt eines Kindes die erst 24jährige Bäuerin Gertraud Angermaier. Nach angemessener Trauerzeit heiratete ihr Mann Georg Angermaier die Witwe Barbara Mayr und kam so auf den Hof in Appolding. Aus dieser Ehe gingen die Kinder Georg, Anton, Maria, Barbara und mein Vater Alois Angermaier hervor.

Meine Heimat Niederstraubing

Der Ort Niederstraubing ist schon 849 urkundlich erwähnt. Bereits im 11. Jahrhundert ist Niederstraubing Edelsitz. Das Schloß soll 1568 erbaut worden sein. Abt Andreas von Altenburg in Österreich kaufte von der Edlen Frau Rudolfin den Sitz Niederstraubing und verkaufte ihn 1594 an Marquard von Pfetten. Das Dominikanerkloster in Landshut kam in den Besitz des Schlosses durch einen Enkel von Pfettens, der hier eine kleine Niederlassung gründete. Von Pfetten starb 1627. Inhaber des Besitzes Straubing wird der kurfürstliche

Das Zentrum von Niederstraubing

Regimentsrat Johann Oswald von Pfetten, der 1679 starb. Etwa um das Jahr 1780 ist Schloß und Hofmark Niederstraubing in den Besitz der Freiherren von Aretin übergegangen. Im Jahre 1793 verkauft der kurfürstliche Oberlandesregierungsrat Carl Albert von Aretin seinen Besitz Niederstraubing an den Landshuter Stiftsdekan Ferdinand Freiherr von Asch. Dieser überließ den Besitz im Jahre 1800 den beiden Landshuter Kapitelrichtersöhnen Jakob und Alois von Rauscher. Die Herren von Rauscher waren die letzten Schloßherren von Niederstraubing, die auch hier begraben sind. Der Rauschersche Besitz wurde 1858 verkauft. Das Schloß brannte an

Niederstraubing aus der Ferne